Perdido De Viaje

Martin Egidius

Perdido
De Viaje

Zehn Erzählungen

Bibliografische Information der Deutschen Nationalbibliothek: Die Deutsche Nationalbibliothek verzeichnet diese Publikation in der Deutschen Nationalbibliografie; detaillierte bibliografische Daten sind im Internet über http//dnb.d-nb.de abrufbar.

© 2018 Martin Egidius
Herstellung und Verlag
BoD – Books on Demand, Norderstedt
ISBN: 978-3-7392-3047-4

Perdido De Viaje

Managua, Nicaragua, 1981, zwei Jahre nach dem Sieg der Sandinisten, Freitagabend.
Vamos a tomar (wir gehen einen nehmen).

Wir, das sind zwei junge Schweizer, der eine, mittelgroß und hellblond, volles starkes Haar, ist siebenundzwanzig, der andere, etwas länger und spröder, bereits etwas schütter mittelblond, mit wuchtig eingerahmten dicken Brillengläsern vor seinen schlechten Augen, ein gutes Jahr älter. Der Jüngere, einige Monate bereits in Nicaragua Libre, Centro America ansässig, ist eben dabei eine Nicaraguanerin zu heiraten, der andere, ein Klassenkollege vom Gymnasium, ist sein Gast. Der Dritte im Bunde, der Kleinste, massig, drahtig, bereits angegrautes welliges Haar, erstaunlich hellheutig, leben doch hier fast ausschließlich Mischlinge, ist indigeno, Nicaraguaner, wohl ein paar Jahre älter als die beiden extranjeros. Da der knapp noch nicht Verheiratete und der indigeno an derselben Uni fremde Sprachen unterrichten, unterhält man sich auf Englisch.

Bienvenidos en la tierra de Sandino, große Lettern auf weißem Stoff – willkommen noch in fast tiefster Nacht. Fünf Uhr in der

Früh, an seinen Rändern erst schwach, geradezu zaghaft beleuchtetes blauschwarzes Dunkel. Erst vor fünf Tagen ist der Gast so im Land Sandinos angekommen. Zu früh. *We're sorry, all our computers are down,* hatte man ihm am Vorabend nach seiner Ankunft in Miami am Schalter von *La Nica* gesagt. Irgendwann würde der Flug nach Managua schon starten, man wisse aber noch nicht, wann. In zwei Stunden, wahrscheinlich, wisse man mehr.

Nach vier Stunden und Aufenthalten in zwei fast identischen und identisch öden Selbstbedienungsrestaurants mit pompösen glitzernden Eingängen und verheißungsvollen Namen in der Flughafenlobby wusste man trotz abgestürzten Computern tatsächlich mehr; in einer Stunde starte die Maschine. Eine gecharterte DC 9 war's dann, mit routiniertem englischem und spanischem Luftverkehrs-Slang in allen Ansagen und ebenso routiniertem jungem durchwegs weiblichem und farbigem Kabinenpersonal; nichts von Improvisation, nichts von nervösem Rettungsmanöver und Gesichtswahren.

La dirección (die Adresse) *por favor; Managua es grande –*
Barrio El Edén, primera calle norte, primera calle este (Viertel El Edén, erste Straße Nord, erste Straße Ost).

Edén vuelve (Edén kommt zurück) an den Mauern; schon am selben Tag sollte der Gast die gesprayten Aufschriften lesen. Edén Pastora, oder Comandante Cero, der Führer der von der Reagan-Administration unterstützten Contras, einst selbst Sandinist und Vizeminister, dann aber abtrünnig und eben Führer der größten bewaffneten Gruppierung, die seine ehemaligen Mitstreiter vom südlichen Grenzgebiet zum militärlosen Costa Rica her bekämpfte. Es hieß sogar, er habe Flugzeuge.

Edén vuelve – bienvenidos en la tierra de Sandino. Edéns früherer Kampfgenosse und Sandinisten-Chef Daniel Ortega führt gleichzeitig die Junta de Gobierno de Reconstrucción Nacional an. Unter der militärischen Führung seines Bruders Humberto hatte der FSLN (Frente Sandinista de Liberación Nacional) 1979 Anastasio Somoza, den letzten Spross der Diktatoren-Dynastie, gestürzt und die Macht übernommen. Seit 2006 ist Daniel (wieder und bis heute (2018)) Staatspräsident, aber der FSLN, dessen Vorsitzender er ebenfalls (wieder, immer noch) ist, das sind nicht mehr die marxistisch-linken Guerilleros und Befreier von damals. Immerhin nennen sie sich (noch) nicht PRI (Partido Revolucionario Institucional), wie jene mexikanische Partei, die einst den Kaiser (la cucaracha, die Küchenschabe) vertrieben hatte, das Land nachher von 1929 bis 2000 ununterbrochen regierte und auch seit 2012 wieder den Präsidenten stellt.

Was hat das alles mit einem freitagabendlichen Umtrunk zweite Hälfte August 1981 zu tun? – Trinken, sich besaufen können Rechte ebenso wie Linke, und die einen stehen den andern in nichts nach. Ebenso wenig hat der weitverbreitete Trick, erst ein, zwei Suppenlöffel Speiseöl runterzuleeren, damit man sich nachher mehr hinter die Binde gießen kann, politische Couleur. Aber wir werden sehen: Der Umsturz hat ganz reale Folgen für einen *perdido de viaje*, einen auf der Reise Verlorengegangenen, wie man Sturzbetrunkene sicher auch heute noch nennt *en la tierra* nicht mehr ganz *de Sandino* (des 1934 von der Nationalgarde unter Anastasio Somoza sen. ermordeten Guerilleros und als solcher Kämpfer gegen die US-amerikanische Besetzung, auf den sich die FSLN beruft). Die Sandinisten hatten nämlich zur allgemeinen Verwirrung der vorher schon mit zahlreichen Unpässlichkeiten der städtischen Ortung gesegneten Einwohner Managuas alles nur halbwegs Wichtige revolutionär umbenannt. Auch das *barrio El Edén* hieß natürlich früher ganz anders, wie auch immer anders. Doch für Auskünfte wie: *zwei Blocks vom Hospital Bautista weiter geradeaus, dann rechts einen Block nach Westen*, und man findet beim besten Willen kein irgendwie geartetes Hospital, man hätte eben wissen müssen: zwei Blocks von dort weg, wo früher mal ein Krankenhaus gestanden hatte – für solch gut gemeinte Verwirrung hätten auch die alten Namen ohne revolutionäre Beihilfe getaugt – zumal bei der damals noch hohen Rate an Analphabeten –, wie der Noch-nicht-Verheiratete in seinen paar Monaten Nicaragua-Erfahrung bereits mehrmals hatte erleben müssen. Und der Gast hat derlei gleich auf der Fahrt vom Flughafen weg mitbekommen, wo er zusammen mit einem deutschen Paar ein Taxi genommen hatte. Man fuhr zum Zentrum, ins Zentrum hinein, zum Teil über Erdpisten, und das Zentrum, muss man wissen, war einmal. Vielleicht ist es heute wieder, aber 1981, schwer in Mitleidenschaft gezogen durch ein gewaltiges Erdbeben 1972 und die bewaffneten Auseinandersetzungen, die 1979 zum Sturz Somozas geführt hatten, gab es dort nur eine breite, bereits wieder überwucherte Avenida, ein Hochhaus – Ministerio del Interior –, das Nationaltheater und sonst vor allem struppiges freies Feld und ein paar Ruinen der einstigen kolonialen Altstadt, in denen die Ärmsten in ihrer Herrlichkeit aus Plastikstühlen, -tüten und -planen hausten. Bessere oder geradezu niedlich gutbürgerliche Viertel mit gepflegten Gärten um- und überspielten mitunter

9

fast nebenan dieses Phantom-centro. Frühere Somoza-Villen, etwas außerhalb gelegen auch sie und meist anmutig umrahmt, dienten jetzt als Ministerien und Residenzen der neuen Herren; Ernesto Cardenal etwa, seines Zeichens von Johannes Paul II. öffentlich gerügter und 1985 wegen seiner Tätigkeit in der FSLN suspendierter Priester, Befreiungstheologe und international bekannter Dichter, residierte als Kulturminister (der er bis 1987 war) angenehm heruntergekühlt in einer solchen Villa. Selbst das beste Hotel, das 1969 im Stil einer Maya-Tempelpyramide erbaute Intercontinental (im Volksmund noch heute (2018) El Inter genannt, obwohl die Vier-Sterne-Herberge seit 1992 Crowne Plaza heißt, da sie zur InterContinental Hotels Group gehört), liegt zwar zentrumsnah, aber nicht mittendrin. Im Übrigen: Dass Managua an einem See liegt, merkt man erst, wenn man von einer Anhöhe in der Umgebung auf die nicaraguanische Hauptstadt hinunterblickt; nichts da von lauschigen Uferpromenaden, Palmen und dergleichen, wenigstens damals nicht.

Nun gut: Zweite Hälfte August 1981 gegen sechs Uhr morgens musste unser Taxifahrer sich vom Zentrum weg durchfragen, und auch so verfuhr er sich ein, zwei Mal.

Immerhin wurde es langsam, will sagen, eigentlich der Äquatornähe wegen ziemlich schnell Tag.

Die Adresse, endlich gefunden, erwies sich allerdings nicht als die des Neo-Nicaraguaners (der mittlerweile längst zurück in der Schweiz ist) und seiner Noch-nicht-Angetrauten (die mittlerweile seine Angetraute nicht mehr ist), sondern als Bleibe ihrer Eltern. Rufe des Fahrers und des Gastes ergaben zunächst ein markantes Krähen des Hahns, dann mehrfaches kräftiges Grunzen des Hausschweins – und zu guter Letzt erschien dann doch, noch etwas belämmert, ein nicht mehr ganz junger schmächtiger grauhaariger Mann; ihr Vater. Er war aber bereits wach genug, um mitzufahren und uns den Weg zu weisen; *frente al parque*, das einzige zweistöckige Haus weit und breit. Die Noch-nicht-Vermählten, die sich zwei Jahre zuvor in Europa, in Mailand, kennengelernt hatten (das nur nebenbei), waren natürlich auch ziemlich überrascht und erst halbwach; so viel zu früh (um halb sieben vor der Tür statt um zehn am Flughafen) kommt selten ein Gast –

Dann eben fünf Tage später, der Gast kennt sich erst sehr mäßig in der rund um ihr verödetes Zentrum herumwabernden Metropole aus, jener Freitagabend. Ein angenehm milder, nicht allzu dampfendfeuchter Abend. Vamos a tomar.

Am ersten Ort isst man so etwas wie Gulasch, trinkt einen jugo (Saft). Dazu aber bereits ron oro (Goldrum). In Bezug auf Rum ist – oder war zumindest damals – Nicaragua eine Zweiklassengesellschaft – mit allerdings recht volatilem Klassenwechsel, je nach gerade verfügbarem Budget. Da gibt es den ron plata (den Silberrum), den billigeren, ähnlich dem brasilianischen cachaça, eine nur leicht eingetrübte durchsichtige, eher grobe Angelegenheit, und den teureren bernsteinfarbenen, feineren ron oro.

Mindestens eine Flasche geht drauf. Die Gespräche und Diskussionen, Hauptthema, welch Wunder, frau, werden angeregter und die Welt rund herum verliert etwas an Kontur. Dann wechselt man das Lokal – der Neo-Nica hat einen alten Japanerkombi. *En Munich*: Baldachine aus Stroh, Musik, dann Guitarreros, die die Gäste begleiten, wenn sie ein Lied singen oder das wenigstens versuchen wollen. Der indigeno versucht's – und kann's. Und wieder ron oro, diesmal ohne solide Beilage. Wie viel – nun ja...

Es wird spät, es wird früh. Da erinnert sich der Neo-Nica, dass seine Noch-nicht-Ehefrau, die eine Uni administrativ leitet, hin und wieder vom selben Professor nach Hause gefahren wird, und seine Eifersucht kennt schon seit jeher kaum Trägheitsmomente. Also muss er nach Hause – trotz des noch nicht bewältigten Drittels der gerade aktuellen Flasche. Er steht auf, fragt seinen Schweizer Freund und Gast, ob er denn seine Adresse habe. Der greift in die linke Brusttasche seines veilchenblauen kurzärmligen Hemdes, findet einen Zettel und bejaht ohne Umschweife kräftig. Der Nichtneo-Nica und er verbleiben und leeren auch noch die noch immer aktuelle Flasche. Die Welt hat längst schon begonnen sich ziemlich unruhig und rhythmisch vielfältig zu bewegen – eppur si muove –, die Nacht ist immer noch mild, es hat aber zu regnen begonnen. Die beiden zahlen, torkeln ein paar Schritte, dazu sind sie beide erstaunlicherweise noch fähig, *En Munich* entschwindet, entschwimmt, spielt und bechert aber gut hörbar noch weiter, und sie steigen dann in etwas wie einen Bus.

Wie sich herausstellen wird, fahren in Managua um drei Uhr in der Früh aber keine Linienbusse mehr. Ein privater Collectivo-Kleinbus, wie es sie in Lateinamerika allenthalben gibt?, ein Lieferwagen?, ein planengedeckter Laster? – quien sabe (wer weiß)... Jedenfalls rattert und holpert es, Managuas Straßen sind vielerorts alles andere als ebene Flüsterpisten, schon gar nicht die Fahrpfade querfeldein; dann –

Dann erwacht der Schweizer Gast alleine auf einer der wenigen Bänke, einer Steinbank ohne Lehne, unter brennender Sonne

13

bei einer Bus-Umsteigestation. Gegenüber dem Intercontinental. Erste Reaktion: Es ist zu heiß. Knappe zehn Meter weiter drüben gibt es einen – einen! – Baum, darunter sogar eine weitere Bank. Also sofort dorthin, in den Schatten, auch wenn die genauso steinhart und genauso unbequem ist; er schläft nochmals mindestens eine Stunde.

Nach dieser Stunde aber erwacht er, erbarmungslos, und bleibt wach, mit brummendem Schädel zwar, aber wach.

Und wird sich zunehmend und zunehmend schneller und klarer seiner Lage bewusst. Zwar hat er noch all seine Dollars im Gurt – ihm wurde gesagt, perdidos würden mitunter bis auf die Unterhosen ausgeraubt –, aber seine Brille mit starker Korrektur fehlt ihm. Wahrscheinlich ist sie ihm in dem Gefährt, das ihn hierhergebracht hat, bei den wohl ziemlich ausgiebig nachempfundenen Stößen und Schwüngen von der Nase gefallen. Er erinnert sich zwar, dass sein Gastgeber und er zuvor an dieser Haltestelle mehrfach schon vorbeigefahren sind – aber den Bezug zu frente al parque kann er beim besten Willen und dem bisschen Konzentration, die er schon aufzubringen vermag, einfach nicht herstellen. Wäre er doch noch in Italien, in Perugia, wo er vor gut einem Monat noch war! Wo er die letzten anderthalb Jahre gelebt und an der Università Per Stranieri studiert hatte, wo er sich im – intakten – historischen Zentrum bestens auskennt und auch noch halb ohnmächtig in seine kleine dunkle Wohnung an der Via del Deposito finden würde. An der Lagerstraße sozusagen, oder, etwas weniger schmeichelhaft, in der Deponie, einem kurzen, schmalen und zum Teil überbauten Gässchen, parallel zum das südliche Spinnenbein der Altstadt durchlaufenden Corso Cavour (Cavour, der politische Architekt des Einheitsstaates, darf bei aller Skepsis gegen ebendiesen Einheitsstaat auf keinen Fall fehlen, wenn man nur halbwegs etwas auf sich gibt, auch im ehemaligen widerspenstigen Kirchenstaat nicht). Und hier –? Managua irgendwo. Belebte mehrspurige Straße. Lärm. Busse, die halten, von irgendwoher kommen, irgendwohin fahren, Fahrgäste aussondern, Fahrgäste schlucken. Nicht-mehr- oder Noch-nicht-Fahrgäste, die sich an ihm vorbeischieben, ihn nicht beachten, hay muchos perdidos (es gibt viele auf ihrem Alkoholtrip Verlorengegangene), besonders am Samstag. Jenseits der nervösen Spuren das auch damals recht noble Inter, bienvenidos en la terra de... –

Aber halt!, er hat doch die Adresse. Er greift in die Brusttasche, die richtige, und siehe da, der Zettel hat sich nicht verflüchtigt. Er zieht ihn aus der Tasche, hält ein Taxi an.

Doch bei den Taxis muss man wissen, dass sie in Managua wie collectivos funktionieren – oder damals funktionierten. Sie fahren ihre Routen und bedienen nur innerhalb ihres Sprengels jede Adresse – sofern sie sie denn nachrevolutionär auch wirklich finden oder fanden. Sonst fragen sie sich halt durch, verfahren sich, wie der Fahrer, der ihn und die Deutschen vom Flughafen in die Stadt fuhr. Allerdings ist man anders als bei der Ankunft hierzulande nicht alleine oder zu dritt, weil man sich vor der Fahrt zusammengetan hat; mitunter pressen sich so viele in die Kabine, wie Maße und Massen nur immer erlauben. Wie in den collectivos, den Kleinbussen und -lastern, die bei Bedarf auch so vollgepfropft werden, dass sich die Räder nur knapp noch drehen.

Doch das Problem ob Richtung richtig oder falsch stellt sich für den Schweizer Gast gar nicht; die Aufschrift auf dem Zettel, die er selber ohne Brille ja kaum mehr lesen kann, entpuppt sich sehr schnell als una dirección de Mexico (Guadalajara) – die ihm in Perugia zugesteckt wurde; nix da von frente al...

Man vergesse nicht, wir sind, vor allem aus junger Optik, in grauer Vorzeit. Keine Mobiltelefone, keine Laptops oder Tablets; von SMS, E-Mail oder WhatsApp ganz zu schweigen, und der Neo-Nica und seine

Noch-nicht-Gattin haben zu Hause überhaupt kein Telefon, auch kein stationäres. Und es ist Samstag, beide sind also nicht in den Unis, wo sie ja leicht zu finden wären.

Was nun –? Schlimmstenfalls ins Inter, man hat ja Dollars genug, und am Montag wieder auftauchen; für diesen wirksamen Panikbegrenzer ist man immerhin schon wieder nüchtern genug.

Doch Moment mal: Barrio El Edén, primera calle... – ihre Eltern! Falls denn die Revolution oder sein noch nicht gar so brillantes Gedächtnis *dieses* Ziel nicht vernebelt. Auf jeden Fall unbedingt nächstes Taxi, zum Glück zirkulieren viele, und eben Barrio El Edén... Der Fahrer nimmt ihn mit, fragt sich aber nicht durch, sondern lädt ihn nach recht kurzer Strecke wieder aus, er sei angekommen, wiewohl nichts nach der Ankunft aussieht, die er meint. Zum Glück hat er neben seinen Dollars auch die nötigen Córdobas dabei, noch immer dabei, die der Fahrer, der seinen Zustand bestimmt sofort erkannt hat, für die kurze Strecke wohl eher zu reichlich verlangt. Der *extranjero* merkt's trotzdem; was soll's, streiten mag er nicht, jetzt erst recht nicht... Er stolpert ein wenig herum, kann sich aber für keine Richtung entscheiden. Noch ein Taxi, wieder Barrio El Edén, primera calle... – immer noch fremd alles, dennoch etwas, eine Spur bekannter irgendwie. Ach so, da – da sieht er einen Taller, eine Autowerkstätte: ein paar Hütten und ein ziemlich demontierter rostiger cremefarbener VW-Bulli davor. Bei dem, ja, genau bei dem war man doch in den fünf oder mittlerweile sechs Tagen schon mindestens zwei Mal, weil am Japaner-Oldie etwas nicht mindestens so rund lief, wie es halt auch in Nicaragua rund laufen muss, damit Autos fahren... Der Mechaniker, ein draller, untersetzter, stets schwitzender, ziemlich dunkelhäutiger Mann mit verschmitzten Schweinsaugen und einem Wuschelkopf, ist ein wahres Improvisationstalent, denn Originalersatzteile sind hier kaum zu bekommen. – Da also irgendwo seitwärts hinein (man musste ja zu Fuß zurück, wenn man die Karre dort lassen musste). Ein Armenviertel: erdgestampfte Wege, Hütten mit erdgestampften Böden, wohlgenährte, niedliche Schweinchen, schwarz gescheckt auf rot-, fast rehbraunem Grund. Der Verirrte gerät in eine Sackgasse, eine jüngere Frau, bestimmt schon Mutter mehrerer Kinder, fragt ¿Qué quiere usted? (Was wollen Sie) Er: Nada, nada; kehrt um, tut ein paar Schritte, und da – da sieht er trotz der fehlenden Diopten die nächste geteerte Straße, sieht den Parque – und das zweistöckige Haus –

„Wo kommst denn du her?", fragt ihn sein Gastgeber, wie er über die Schwelle tritt. Er: „Wenn ich das so genau wüsste –

perdido de viaje eben. Wenn ich euch nicht gefunden hätte, wäre ich ins Intercontinental gegangen. Dort gegenüber bin ich nämlich erwacht."

Verständlich, dass die beiden sich Sorgen gemacht haben, manchmal geht auf der Reise ja eben noch anderes als anteojos verloren. Die Eifersucht des Noch-nicht(-zum-zweiten-Mal)-Verheirateten hatte sich übrigens einstweilen auf ihren normalen Unruhestatus, also einen leichten, wachsamen Schlummer, ähnlich dem eines Hundes, zurückgezogen, da wirklich und offensichtlich unbegründet: Die Noch-nicht(-auch-zum-zweiten-Mal)-Ehegattin hatte er zu Hause vorgefunden; alleine.

Und dem Gast wandelt sich, was eben noch nahezu Existenzangst war (irgendwo alleine auf dieser Welt; immerhin ist er der Sprache mächtig), zu Erinnerung, seither immer wieder wachgerufener, gleichzeitig zu immer wieder anderer mündlicher Erzählung, die meistens auf sehr gute Resonanz stößt – und jetzt und hier zum ersten Mal zu einer schriftlichen.

Doch ganz zu Ende erzählt ist die Geschichte noch nicht; die Zuhörer der meisten mündlichen Versionen sind nach wie vor knapp im Vorteil.

Erstens meldet sich dummerweise jenseits der rettenden Schwelle wieder eine beachtliche Portion des Rausches zurück, mitsamt Kopfschmerzen, Übelkeit und so weiter. Endgültig besiegt hat er den aber schon am selben Abend – mit einer großen Flasche Bier.

Zweitens haben die beiden Schweizer den Nicaraguaner ein paar Tage später zur Sache befragt. Bis zur Umsteigestation wusste er immerhin noch einigermaßen Bescheid, wenn auch nicht über die Beschaffenheit des Gefährts, mit dem sie dorthin gefahren waren. Wie er nach Hause gekommen sei, das Taxi, das er sich genommen habe, bezahlt habe und so weiter, das hingegen sei ihm schleierhaft. Auch ihm.

Drittens hatte der Schweizer wie immer auf Reisen, so auch diesmal Ersatzdiopten dabei. Und mit diesen auf der Nase und nach zwei Wochen weitaus besser ortskundig, ist er den Weg zur Umsteigestation getippelt. Nicht zu forsch, nicht zu lahm. Zwanzig Minuten. An jenem Samstag hat er über zwei Stunden gebraucht – inklusive zweier Collectivo-Taxis.

Und viertens und letztens hat der ältere Herr vom Barrio El Edén, der dem Fremden den Weg zu seiner Tochter und seinem Noch-nicht-Schwiegersohn gewiesen hatte, ihm nachher auf die Schulter geklopft; jetzt gehörst du dazu, bist einer von uns. Wenigstens in dieser Hinsicht.

Perdido de viaje, si – aber anderntags geht die Reise weiter, mit brummendem Kopf zwar, aber – ¿Qué tal, amigo? – Dir geht's doch gut, oder?

Il Cavallino Rampante (Ferrari FF)

Luigi hatte eben wieder mal unter jenem Torbogen gestanden, als er ihn zum ersten Mal sah. Ein FF – kaum in Serie, und schon hier in Zürich auf der Straße! An einem jener Frühlingstage war das gewesen, deren Milde Wünsche und Verheißungen keimen lässt, welche selbst der schönste und wärmste Sommer nur schwer zu erfüllen vermag. Luigi, der eigentlich das Bürojahr einer Verkaufslehre, das dritte also, in einem großen Warenhaus absolvierte, war gerade auf einer der häufigen Morgentouren als Bote und Zudiener für persönliche Bedürfnisse des Chefs gewesen, die man ihn noch immer abverlangte.

Dieses zahme Monster! Feurig wie der Teufel, rot wie die Versuchung und verführerisch wie mindestens zwanzig schöne Sünden! Flink wie ein Wiesel, aber zahm wie eine Hauskatze glitt es auf den freien Parkplatz gegenüber, wobei es auch das den letzteren Tieren eigene Schnurren nicht vergaß. Nur kurz vor dem endgültigen Schweigen schwoll dieses Schnurren zum Röhren eines Wolfes, ja zum Brüllen eines unwirschen, aber gesättigten Löwen an und ebbte schließlich nur widerwillig aus, um dem nüchternen Knacken der Türe, die ins Schloss fiel, Platz zu machen. Komisch, anfänglich hatte er immer geglaubt, Ferrari müsste doch unbedingt ein Raubtier im Wappen haben, doch stattdessen begnügte sich die Sportwagenschmiede aus Maranello mit einem schlichten, wenn auch ziemlich munter springenden PS, einem Cavallino rampante. Der majestätisch einherschreitende Löwe gehörte nicht Italienern, nein, Franzosen, einer Marke, die Autos aller Arten zu zehn-, ja hunderttausenden produzierte, sich mit der in den Siebzigern übernommenen Citroën SA zu einem großen Konzern gemausert hatte (sich, das nebenbei, 2017 durch die Übernahme von Opel und Vauxhall sogar noch britisch-deutsch pan-europäisieren sollte) und seine Gründerfamilie, die Peugeots, zwar vielleicht nicht mehr ganz so fürstlich bediente wie auch schon; aber Geld genug hätten die bestimmt noch immer gehabt, um sich etwas leistungsstark Rotes aus dem Hause des springenden FIAT-, seit einigen Jahren sogar interkontinentalen FIAT-Chrysler-Pferdchens zu genehmigen – italienisch-amerikanische (Konzern-)Konkurrenz hin oder her.

Obwohl – oder womöglich gerade weil – diese durch ihr Emblem nur dürftig getarnte Wildkatze keineswegs nur mit äußeren, sondern auch nicht nur unter der Motorhaube mit ein paar ganz netten inneren Werten aufwartete, behandelte die ihm entstieg sie wie ein Schoßhündchen. Nein, schlimmer noch, wie eines aus Stoff, das man vornimmt und nicht genug liebkosen, kneten und hätscheln kann, um es im nächsten Augenblick in eine Ecke zu werfen, zu vergessen und dem all- und immer gegenwärtigen Staub und sonstigen Ballast anheimzugeben. Ein Stoffhündchen, das nur dann zu einer Horde Bernhardiner wurde, wenn *sie* es wollte. Die Türe schmiss sie zu, ohne jede Sorgfalt, die Heckklappe öffnete sich elektrisch, sie entnahm dem Kofferraum ein lächerlich kleines Aktenköfferchen, die Klappe fiel wieder ins Schloss – und schon würdigte sie ihren eben noch Liebsten keines weiteren Blickes mehr. Einzig das Einrasten der Schlösser zeugte noch von jenem Rest Aufmerksamkeit, der nötig ist, um nach den ersten zwei, drei Schritten eine Taste zu drücken. Selbst fast achtlos weggeworfen blieb es halt doch das Hündchen *dieser* Dame – die zu Luigis Genugtuung, insgeheim und nur halb eingestanden sogar zu seiner übergroßen Freude, mitsamt „Haustier" offensichtlich länger zu bleiben beabsichtigte, denn bald verschwanden die italienischen Kennzeichen und machten einer (immerhin nicht exklusiv tiefen) Zürcher Nummer Platz.

Diese „Dame" war eine junge Frau, brünett, mit einer üppigen Mähne, die in lockeren, aber geordneten Wellen weit über die Schultern in ihren Rücken floss und sich dort zu einem schwungvollen, luftig-weichen V verjüngte. Ebenso markant und wie ihr Flitzer südlich, aber alles andere als ag-gressiv, ja geradezu anmutig geraten waren ihre Gesichtszüge, makellos braun, wohl nicht ganz ohne elektrische Hilfe, der Teint. Sie war mittelgroß, ja eigentlich für eine Frau auch hierzulande alles andere klein. Meistens trug sie elegante Kostüme in Grautönen, deren immer kurze Röcke fast immer auch braun-, ab und zu mit Stern-chen bestrumpfte lange Beine freigaben, die in hochhackigen, meist schwarzen oder schokoladebraunen Lackschuhen endeten. Zu den Schuhen perfekt assortiert war stets die Handtasche, ja selbst der goldbeknaufte Regenschirm, der bei Bedarf direkt aus der Tasche, schien es, empor- und über ihren Kopf schnellte, und natürlich gab die Mähne, wenn sie sie zurückwarf – was oft geschah – auch an den Ohren Goldenes frei.

Manchmal, an besonders warmen Tagen, trug sie ein mit verschiedenfarbigen rund-umlaufenden welchen Streifen bedrucktes Sommerkleid, dessen Länge natürlich nie-mals diejenige ihrer grauen Röckchen über-traf, ganz im Gegenteil. Dann war sie noch prächtiger anzusehen. Sie, mit jenem Blech im Hintergrund, das ihr im Moment so voll-kommen gleichgültig schien! Und das so mir nichts, dir nichts gedemütigte Blech zahlte ihr das mit nichts als Geduld heim. Geduld und wieder Geduld, die mitunter lange, sehr lange währen musste – Luigi hatte den FF auch schon um sieben Uhr abends noch immer am selben Ort geparkt gesehen –, um dann, kam sie endlich zurück, auf Knopfdruck sogleich geschmeidig und allerliebst jeden ihrer Wünsche zu erfüllen.

Vielleicht war es gerade diese Gleichgültigkeit, ja Nicht-einmal-Gleichgültigkeit, diese an Arroganz grenzende Nonchalance, welche ihn, den kaum neunzehnjährigen Süditaliener, der als Dreikäsehoch vor etwa zehn Jahren mit der Mutter und seinen zwei jüngeren Schwestern dem Vater in die Schweiz gefolgt war, so völlig in ihren Bann zog.

Unwillkürlich blieb Luigi stets stehen, wenn er die „Dame" aussteigen sah; und er richtete es so ein, dass dies oft vorkam. Da er von seinem Chef ja eben auch jetzt noch häufig auf Botengänge geschickt wurde, war das ein Leichtes, und so drückte er sich denn verstohlen hinter eine Ecke oder eben in den Torbogen gegenüber, um sie zu beobachten. Dass *sie* ihn sah, wollte er nicht, um keinen Preis, erst recht nicht, dass sie ihn womöglich gar grüßte! Und sei es auch nur, weil er fürchtete, seine Farbe könnte sich dann allzu sehr jener ihres Hündchens auf vier Rädern angleichen. Aber dennoch zog es ihn immer wieder zu ihr hin – zu ihm. Denn ohne diese vier Räder konnte er sie sich nicht denken – ohne *sie*, die *ihr* das Geleit gaben bis hin vor das Bürohaus, einen nicht sonderlich hohen, dafür aber umso ausgiebiger marmorbeplatteten Bau, wo sie wohl arbeitete. – Arbeitete? Er konnte sich kaum vorstellen, was zum Teufel für Obliegenheiten eine solche Dame dort haben mochte. Eine Art Vorzeigeschönheit für wichtige Firmenanlässe? Oder war sie die Frau oder Geliebte eines Herrn Direktor oder gar selbst Bankmanagerin?

Zu allem Überfluss hatte auch er in diesem Bürohaus zu tun; aber er traf sie nie. Auch nicht im Treppenhaus oder im Aufzug; dafür sorgte er selbst auch hier nach Kräften. Meistens musste er ja ohnehin nur ins Erdgeschoss, hatte dort etwas abzugeben und erhielt einen meist versiegelten Packen zurück. Er hätte ihr ja nachspüren können – aber *dieses* Geheimnis wollte er nicht lüften. Nicht hier. Hier drin war sie tabu; Büro blieb nun mal Büro, blieb Emsigkeit, blieb Stress, Zeitdruck, blieb nervöses Fiebern – auch mit ihr drin.

So hätte das für Monate, ja vielleicht Jahre weitergehen können. Hätte – wenn nicht dieser folgenschwere kleine Umstand eingetreten wäre. Eines Tages nämlich, es war im Spätsommer, aber bereits in der Kostüm-Zeit, war sie mit einem Male nicht mehr allein. Ein jüngerer Herr, ebenfalls elegant, in dunkelgrauem Anzug, blütenweißem Hemd und brünett wie sie, natürlich mit goldener Krawattennadel an seinem Silberfisch, stieg mit ihr in die rote Augenweide ein. Rechts; sie fuhr. Das geschah in der Folge des Öftern, ja mit der Zeit kam sie sogar hin und wieder mit diesem Herrn an – am Steuer immer sie. Ein kleiner Tropfen Balsam für Luigi, wenigstens das.

Nur war dieser Tropfen leider nicht groß genug. Leider und erst recht! So etwas ließ er sich nun wirklich nicht bieten – von keinem noch so schicksalhaften, noch so eleganten jungen Herrn! Da stieg der doch ganz locker rechts bei „seiner" Frau ein, und das erst noch, ohne auch nur mit der Wimper zu zucken... Obgleich Luigi selbst ja niemals den Mut gehabt hätte, um dieselbe Gunst zu bitten – unter welchem Vorwand (der ihm obendrein ja niemals eingefallen wäre) auch immer; was tat das hier zur Sache! Wer sagte denn, dass sie nicht auch Gefallen gefunden hätte an seiner überraschend hellen geschmeidigen Haut – seine Vorfahren waren apulische Bauern gewesen –, seinem gewellten schwarzen Haar, seinen großen braungrünen Augen und dem Mund mit dem stets bereiten Ansatz zu gutmütigem Schmunzeln in seinen Winkeln! Mehrmals drehte er sich vor dem Spiegel hin und her, sah sie neben sich, kaum kleiner als er, erst recht nicht mit den Bleistiftabsätzen, sie, wie sie dennoch zu ihm aufschaute, wie sie ihn..., er sah sich im Ferrari, im Ferrari neben ihr. Mochte sie nur fahren, ihm das Steuer nie überlassen, das war ihm einerlei; einerlei war ihm auch, wohin sie fuhren und wo, ob auf einer von

Haarnadeln strotzenden Passstraße oder auf einer schnurgeraden schnellen Autobahn. Hauptsache, sie saß neben ihm... Ja, er glaubte sogar ihre Stimme zu hören, die er als kräftigen, gleichzeitig aber durchsichtigen und melodischen Alt kannte, wenigstens im Freien und aus der Ferne, glaubte ihr Parfüm, das er ja nur ahnen konnte, zu riechen, den Geruch der Autositze, Leder wohl, echtes Leder, und wie der sich mit ihren Düften mischte. Und all dies sollte einem anderen vorbehalten sein, für immer und ewig, nur weil der eine goldene Krawattennadel trug?! – Nein! Nein und nochmals nein! –

Luigi sann auf Rache.

Nach langem Hin und Her kam er endlich auf einen Plan. Einen Plan, der wenigstens ihm genial schien. Geradezu umwerfend genial. Nicht gegen ihn würde er etwas unternehmen, auch nicht gegen sie, nein – gleich gegen alle beide. Und zwar würde *es* ihm dabei zu Hilfe kommen. Ja, es, das „Hündchen"!

Sofort begann er mit dem Basteln von Dietrichen, testete sie auch gleich an der auch noch ziemlich neuen Giulietta seines ahnungslosen Vaters und gelangte so bald zu beachtlicher Fertigkeit. Nur – wie sollte er sich an den Roten heranmachen?, wie ihm unbemerkt zu Leibe rücken? Gemustert hatte er ihn schon so oft, auch von Nahem, aber berühren, das (bestimmt mit modernster Elektronik vollgepackte) Schloss untersuchen, das hatte er noch nie gewagt – schließlich patrouillierte hier im Bankenviertel doch ab und zu eine Polizeistreife –

Aber siehe da: Unerwartet kam ihm das Schicksal zu Hilfe. An einem jener Herbsttage Anfang Oktober, die eigentlich vom strahlendblauen Himmel und vor allem der Wärme her in den Sommer, ja den Hochsommer gehören, ging er einmal mehr an bewusstem Parkfeld vorbei und sah daneben etwas am Boden liegen. Zunächst hatte er diesen Schnipsel, Abfall wohl, kaum beachtet. Doch dann, er wusste nicht wieso, hatte er nochmals hingeschaut. Hingeschaut und gesehen – was dalag war nie und nimmer Abfall. Ein Ohrhänger von ihr? – nein, ein Chip – ein Schlüssel! Das war doch nicht möglich! Er hob ihn auf, und nun gab es keinen Zweifel mehr; das Emblem, das schwarze aufgebäumte Rennpferd auf gelbem Grund... Er konnte sich ein leises Lächeln nicht verkneifen, als er den Dietrich in seiner Hosentasche knetete.

Er drückte die Taste, und sofort gab die Zentralverriegelung den Weg frei. Behutsam öffnete er die Tür, und schon saß er in der Herrlichkeit, helles Cognac – saß an ihrem Platz! Tatsächlich war trotz der Bruthitze in der Kabine noch etwas von ihrem Parfüm im Leder hängengeblieben. Es roch

30

zwar ein klein bisschen süßer, ein klein bisschen weniger vornehm, als er es sich vorgestellt hatte; aber insgesamt war gerade seine Überraschung, darüber, wie sehr das Vorgefundene seinen Ahnungen (und Kenntnissen aus dem Internet) entsprach, war der Umstand, dass es kaum Überraschung gab, dafür verantwortlich, dass er sich sofort zurechtfand. Man sank niedrig und zurückgelehnt, aufs Vorteilhafteste eingepasst ins Blech; die Windschutzscheibe floh nach hinten, die Motorhaube nach unten, alles floh. Blieb nur noch, den Motor mit dem Knopf – *keyless* – anzuwerfen und es den Formen nachzutun, die einen umgaben. Der, ein Zwölfzylinder mit über sechshundert PS, der seine Kraft auf alle vier Räder übertrug und den vier mächtige verchromte Auspuffrohre entlüfteten, sprang auch sofort und willig an. Luigi schob den Wählhebel des Siebengang-Doppelkupplungsgetriebes auf *drive* – und hätte beinahe den vor ihm geparkten Wagen gerammt. Mit einem derartigen Anschub – Anriss – hatte er nun doch nicht gerechnet. Das Stoffhündchen war nicht nur zum Bernhardiner, sondern direttissimo zum Windhund geworden! Altro che cavallino! Schwarz oder rot, das war ja jetzt einerlei; schwarz auf gelbem Grund oder rot mit jenen fünfspeichigen Felgen, die er soeben beinahe lädiert hätte. Im letzten Moment hatte ihn die Servolen-

kung doch noch gerettet, und der gegen-
überliegende Gehsteig, der, an welchem der
Torbogen lag, war frei. Damit hatte er aber
auch schon begriffen, und sanft glitt er davon, ebenso sanft wie sonst sie. Und unbemerkt.

In den Verkehr gliederte er sich ein wie
jener treibstoffwerbende Tiger, der zwar
seinem Dompteur aufs Wort gehorcht,
wohl wissend aber, dass ein einziger kräftiger Biss genügen würde, ihm den Garaus zu
machen. So, mit dieser Gewissheit, schlän-
gelte er sich, noch brav, durch die Stadt.
Doch kaum lichteten sich die Häuserreihen
nur ein wenig, gab er seinem Hengst auch
schon die Sporen. In drei Komma sieben Sekunden auf Hundert... Der flüssige Vormit-
tagsverkehr ließ dies vorerst noch ohne Rei-
bereien zu. Langsam legte sich jener
Schweiß, den nicht die Hitze getrieben
hatte, und Luigi fand Zeit, sich endlich seine
Stirn zu trocknen und den elektrischen
Fensterheber zu betätigen. Doch dann kam
ihm in den Sinn, dass ein solcher Wagen bestimmt eine erstklassige automatische
Klimaanlage hatte. Er fand sie denn auch
gleich rechts neben dem Armaturenbrett,
stellte auf dreiundzwanzig Grad und *full
auto* ein, und sie zeigte sich ebenso leicht
von Begriff wie leistungsstark, sodass der
Spätsommertag bald nur noch mit seinen
angenehmen Seiten, seinen strahlenden,
satten, reifen Farben ins Innere der Kabine

drang. Nun konnte man sich endlich entspannt, ja fast gelassen zurücklehnen, sich dem Augenblick hingeben, all den Augenblicken –

Erst dadurch wurde ihm so richtig bewusst, wo er war. Es war also kein Traum! Nun lagen seine Hände wirklich dort, wo sonst nur die ihren. Klapperten ihre langen lackierten, vielleicht aufgeklebten Fingernägel auf dem Kranz des Sportlenkrads und auf den Schaltpaddles dahinter? Seine Füße traten die Pedale nieder, welche sonst sie, nur sie bediente. Wechselte sie zum Fahren die Schuhe? Wahrscheinlich ja schon, obwohl nichts Passendes in Griffnähe lag – sonst wär's mit selbstverständlich lockerem Pedalieren wohl bald vorbei. An seine Beine, ja an seinen ganzen Körper schmiegte sich das Polster, jenes duftende teure Leder, das sonst ihre hinreißenden Schenkel stützte und ihre betörenden Wellen und Kurven aufnahm, von ihren wallenden Locken gestreichelt, ja poliert wurde. Sie war bei ihm, mit ihm, um ihn, in ihm...

Diese Vorstellungen, vielleicht auch das starke Parfüm – war da noch irgendwo ein leicht leckes Fläschchen versteckt, etwa im Handschuhfach? – brachten ihm nicht nur das Prickeln in der Lendengegend unbezwingbar bei, nein, damit – und dadurch – brach er durch. Nun galten die Verkehrsschilder für ihn endgültig nicht mehr. In drei Komma sieben Sekunden auf Hundert und massenhaft Tiger im (großen) Tank, der war nämlich noch fast voll... Er fuhr, wie es ihm gerade gefiel. Wie es seinem zwölfhufigen Kraftpaket von Hengst gerade gefiel. Ja, er gehorchte diesem Hengst und seinen manchmal durchaus sprunghaften Launen und Haken mehr und mehr. Was sollte es, wenn er die Geschwindigkeit pro Achse rechnete; die andern wichen ja zurück, gaben die Bahn frei. Was wollten die ihm auch anhaben – schließlich hatte die Polizei ja keine Ferraris. Er schaltete das Radio ein, und sogleich donnerte Musik von überallher, wohl aus sechs oder gar acht oder zwölf Lautsprechern, auch zwölf... Ein Radiosprecher haspelte gerade etwas herunter über einen linksgrünen Erdrutschsieg bei irgendwelchen Parlamentswahlen, über verheerende Luftqualität, die zu drastischen Maßnahmen zwinge. Mochten doch alle Erdrutsche der Welt auf einmal niedergehen – er, er fuhr! Fuhr Ferrari, und die Luft reichte, reichte noch allemal für zwei Lungenflügel, elektronisch geregelte Einspritzpumpen und -düsen und vier Auspuffrohre! Jetzt war *er* an der Reihe, jawohl er, und niemand sonst! Weshalb gab es die lahmen andern überhaupt noch?! Schmeißfliegen, lächerliche, lästige! Dass einige trotzdem noch immer frech genug waren zu hupen, wenn er scharf an ihnen vorbeikurvte!... Froh sollten sie sein! Froh, dass ihnen nicht gerechte Strafe widerfuhr, fuhr er doch nur gnadenhalber seine Sünde nicht vollends aus. Der Hengst, der Tiger unter ihm, um ihn, der war da völlig seiner Meinung. Er brummte, schnurrte, röhrte, dass es eine Lust war! Luigi war, als brumme, schnurre oder röhre er selbst. Nun war er es, er der Ferrari, der über die Dame, die Straße, über die Welt gebot! Und die Welt war hier, hier und nur hier. Hier in dieser flirrenden, nicht mehr wiederzuerkennenden Umgebung; nichts konnte geschehen, nirgendwo, ohne dass er, ohne dass sie es wollte. Ohne dass sie alle drei es wollten... Sie hatten eine der innigsten Freundschaften geschlossen, die man sich nur denken kann, ja, sie waren ineinander... – Ménage à trois.

Mit der Zeit wurde einzig die Straße widerspenstig. Obwohl Autobahn, wartete sie mit Kurven auf, die nicht so vorbeiflogen, wie sie vorbeifliegen sollten. Natürlich hatte die Trasse mit einer immer unruhigeren Gegend fertigzuwerden; die Voralpen fraßen sich mehr und mehr in die Mulden um sie herum und drohten diesen schon beinahe den Garaus zu machen. Aber das gab doch dieser Straße noch lange nicht das Recht, so gegen ihn aufzubegehren! Dass Petrus zudem den Himmel zudeckte und ihm schwere Tropfen schickte, die unzweideutig Vorboten eines noch tropfenschwereren Gewitters waren, das war nur noch das dräuende Pünktchen aufs i. Und als hätte Petrus dieses Pünktchen nicht längst schon gesetzt, wussten die Lautsprecher dazu nichts Gescheiteres zu brüllen als *You're in the army now!*

Marmor, Stahl und Eisen... nur unsere Liebe... – Donner und Doria, Tod und Teufel, aber das war zu viel! Luigis Gesicht zog sich zu einer Fratze zusammen, löste sich aber gleich wieder in ein Lächeln auf, das von den Augen zum Mund flog, und er gab Gas. Das Brüllen des Zwölfzylinders sog alles in sich auf, erst recht ihn. Einzig die *army,* die hatte ausgedient. Nichts wusste sie mehr zu berichten, gar nichts mehr...

Wie durch ein Wunder, meinte die Polizei nachher, überlebte er. Fast intakt. Nur ein Arm musste ihm geschient und an einem Auge der graue Star operiert werden, da es verletzt worden war. Solches Glück hat man nur einmal im Leben, meinte der Priester, der herbeigerufen wurde, lakonisch. Die Familie hatte das Schlimmste befürchtet.

Luigi ertrug dieses Glück schweigend – weitgehend schweigend. Die Bußen wegen all den nicht beachteten Verkehrsregeln, den Strafprozess, der ihm wegen Entwendens eines Fahrzeugs zum Gebrauch gemacht wurde, und die gemeinnützige Arbeit, die er, weil noch nicht voll strafmündig, zu leisten hatte, ebenso. Erst recht den langfristigen Führerausweisentzug. Heikler waren die Schulden, die ihn jahrelang beschäftigen würden, da die Vollkaskoversicherung auf die Haftpflichtversicherung und diese wiederum wegen groben Verschuldens auf ihn zurückgriff. Einem Zusammentreffen mit ihr, einer gewissen Maria Teresa Bellacchini De Crescenzo, der Tochter eines Modezaren, die bei einem Freund des Vaters in „Praktikum" absolvierte und nun mit dessen Sohn liiert war, hat man ihn nicht ausgesetzt, da juristisch nicht nötig und psychologisch nicht angezeigt. Immerhin soll sie geweint haben, als sie von den Umständen dieser fatalen Spritzfahrt erfuhr – wenn man all den Gratisanzeigern, Boulevardblättern und -sendern glauben darf, die auch diese Story bis ins Letzte auskosteten.

Als wär's ein Stück von mir

Der Form nach bin ich eigentlich nicht der Rede wert; so bedenklich langweilig ist sie. Selbst wenn man sich neuerdings bemüht, mich gerade durch sie ins Gerede zu bringen, denn auch mich will man ja verkaufen. Ob nun Rechteck, Quadrat, Kreis oder Oval, ja sogar Herzform, ich bleibe doch, was ich bin. Die Verzierungen, sie sind ja rührend, noch mehr die immer leuchtenderen und fröhlicheren Farben – nur, wem leuchten sie denn entgegen? Den kurzen Momenten, wenn ich ans Licht muss? Doch was ist heute nicht alles für genau solche kurzen bis kürzesten Momente gemacht. Man denke nur etwa an die Unterwäsche: so viel Farbe und Kunst nur fürs Ausziehen und wenn's hochkommt ein paar nette heiße Sommertage.

Immerhin verbirgt meine auffällig gestylte Haut etwas, oder soll es wenigstens versuchen. Selten ist da sonderlich viel Raffinesse der Art mit im Spiel, dafür aber solche des Maßes in Hülle und Fülle: Ich beinhalte nämlich Fächer über Fächer! Vom kleinkalibrigsten Fächchen bis zum raumfüllenden Schlitz, gefüttert mal, mal mit Randnaht, mit Fenster, reinlederne, plastikprächtige, bestoffte, reißverschluss- oder druckknopfverschließbare; des Sagens und

Aufzählens wäre kein Ende. Und eben, beinahe unerschöpflich mannigfaltig sind ihre Abmessungen, denn seit Steine, Pelz oder Hühnereier als Zahlungsmittel nur noch ein Randdasein führen, haben Münzen, Scheine von einer derartigen Artenvielfalt das Licht der Welt – oder besser die Schatten der Fächer – erblickt, dass selbst der alte Darwin selig ob solch rapider und üppiger Evolution noch fast neidisch würde. Umso mehr als deren Kommen und Gehen sich oft um evolutive Theorien (und auch jenen, die sie bestritten und bestreiten) einen Deut scherte (und noch immer schert) und mitunter abenteuerlich sprunghaft zustande kommt. Früher zeugten die Herrscher ja häufig nicht nur Kinder, sondern auch Geld, wie es ihnen gerade gefiel. Meist leuchteten sie noch durch ihr Zahlungsmittel ihren Untertanen entgegen und forderten so selbst durch Butter oder Gemüse hindurch Demut, ja sogar beim Entrichten der ohnehin viel zu hohen Abgaben. Und heute gibt's auch in Demokratien immer mal wieder neue Serien, wenigstens von Banknoten – mit Berühmtheiten drauf, damit der schnelle Blick nicht nur Zahlen und Farben sieht.

Wenn's doch nur bei diesen Münzen und Scheinen geblieben wäre! Da ist Abwechslung ja manchmal ganz nett. Aber die manchmal ganz schön knackigen, besser ganz schön harten Ausweise, Kärtchen und

Karten! Und dann sind die mitunter noch so gekünstelt originell oder niedlich, nur damit sie nicht einfach sind, was sie sind, nämlich Kärtchen, Karten und Ausweise! Auf einigen klebt irgendwo eine meistens schlechte Fotografie meiner Trägerin oder meines Trägers. Zwar geben sich die Damen auch heute noch beim Posieren fast immer mehr Mühe, zieren sich aber auch mehr, wenn sie mit diesem Konterfei vor fremde Augen müssen. Als ob sie nicht wirklich und wahrhaftig danebenstünden! Oft mit genau dem Lächeln, das sie auf der Fotografie so sehr verdammen. Wenn man nur lachen dürfte, wo man doch allem so nah ist! Aber sowas ziemt sich wohl nicht sonderlich; herauslachen würde bestimmt als zu aufdringlich empfunden. Die Männer übrigens muten ihren Schattenriss fremden Augen ganz einfach viel seltener zu – hauptsächlich dann, wenn sie müssen oder nicht mehr umhinkönnen, Neugierden, besonders ihrer Allerliebsten, zu befriedigen.

Und sonst? Was geben all die gedruckten oder gestanzten Lettern sonst noch her? – Rechte, nichts als Rechte! Exklusivrechte immerhin; oder wenigstens fast. Codes, die, könnte man meinen, ganze Paradiesgärten öffnen. Dabei geht es doch nur um die Bezahlung der längst fälligen Miete, Telefon- oder Stromrechnung. Oder des neuen Computers oder Autos. In Ausnahmefällen sind tatsächlich vier Wochen Paradies dabei. Ferien nennen sie das. Dieses Paradies kommt mir allerdings manchmal ganz schön anstrengend vor; dauernd wird da rot- oder braungeröstet, gesurft, geschwommen, langgelaufen, skigefahren, geschlemmt, gesoffen, bewundert, bezirzt, in Betten und drum herumgeturnt, gereist, interessiert zugehört, geschwitzt, gefroren und noch manch anderer durch und durch „entspannender" Stress mehr. Es soll etliche geben, die fest davon überzeugt sind, so noch schöner zu werden oder sich zu erholen. Vielleicht haben sie ja alle recht – aber ich hoffe dennoch, nicht ewig zu leben, sollte dies das Paradies sein. Ob es wohl, wenn schon keinen Himmel, so doch mindestens eine Hölle für Geldbeutel gibt? Mindestens das hätten wir auf jeden Fall verdient.

Himmlisch sind immerhin wenigstens die einen oder andern Banknoten. *In God We Trust* steht da irgendwo drauf. Und man hatte tatsächlich lange recht, auf den Vater allen Seins zu vertrauen, zumindest auf den papierenen oder silbernen; schließlich war jene Währung über lange Jahre ein Schwergewicht. Mittlerweile hat sie zwar an Gewicht etwas eingebüßt – gerade weil sie an Menge und Verbreitung zunahm –, aber vieles in der Welt richtet sich nach wie vor nach ihr und ihren nur beinahe göttlichen Hütern (von denen es immerhin bislang noch keine und keiner aufs behütete Papier geschafft hat). Andere ehren, da die Herrscher sich nicht mehr so offen zeigen oder heute, bei diesen Demokratien, zu kurz Herrscher sind, berühmte Leute aller Herkunft und Gattung. So kommt es, dass ein Architekt gegen eine Stange Zigaretten getauscht wird oder eine Musikerin gegen ein paar Schweinswürstchen. Immerhin: Dadurch bleibt wenigstens klar, dass der Architekt, Maler, die Musikerin, Wissenschaftlerin nach wie vor seinen oder ihren Wert hat, und bestehe er auch nur aus Teer, Flanell oder Kalorien.

Ehre allerdings tun die, die nach ihnen greifen, den berühmten Frauen und Männern nicht eben an. Hastig, achtlos blättern sie meist in der illustren Gesellschaft, flink und behände vielleicht, aber nur der abgedruckten Zahl, nicht der Persönlichkeit wegen.

Interessant sind aber doch die Hände, die wir zu Gesicht bekommen. Langweilig wird einem ja nie. Wenn schon geklagt sein muss, dann eher über Schlafstörungen, meist abrupte. Exemplare gibt es da! Wer's nicht gesehen hat, der würde sowas nicht für möglich halten! Von der hageren bis zur fleischigen, von der flüchtig zarten bis zur Ansammlung von Kruste und Schwielen, von der sehnig-muskulösen, deren Griff Münzen, Papier und Kunststoff beinahe in Stücke zu drücken oder zu reißen droht, bis zur zittrig-lahmen, der alles schon fast entflieht, noch ehe sie es hält, von der schwarzen und braunen über die altersfleckige bis hin zur durchsichtig-schneeweißen findest du da alles. Selbst die Fingerzahl ist unterschiedlich, wobei, zugegeben, die Zahl fünf doch bei weitem überwiegt. Das sei gut so, meinen die meisten von uns, obgleich gerade die Wenigerfingrigen uns oft auch am wenigsten quälen.

Und Qualen sind wir ausgesetzt – und wie! Man stelle sich zum Beispiel vor, wenn wir mit aller Wucht auf den Wirtshaustisch geknallt werden oder in die Einkaufstasche. Erst noch münzschwer! – Reichtum? Wer spricht denn da von Reichtum! Die Reichen zahlen mit Kreditkarten. Nein, ohne Kohl, die Reichen haben oft weniger Geld in ihrem Leerfach als ihre minder bemittelteren Kollegen. Und die ganz Armen? Die haben uns nicht; wozu auch? Sollen sie sich etwa mit dem letzten Geld und knurrendem Magen ein Mahnmal für ihr Elend kaufen – ein Mahnmal voller nichts?

Was nun unser Martyrium anbelangt, so sind die Hände noch das wenigste. Man stelle sich vor: eingeklemmt in eine Rücktasche, sozusagen das Schlusslicht der Persönlichkeit, zerquetscht von immer gewaltigerem Gewicht oder eingepfercht zwischen Puderdose und Eau de Cologne, hin und her geschüttelt, an Oberkörper geschmettert oder eben auf Tische und in Kommoden. Erst recht, wenn man uns sucht. Um Himmelswillen! Schlüsselbünde sind hart, Feuerzeuge oder Spiegelchen nicht minder! Einzellern ähnlich sind wir gezwungen, gleichsam aus uns heraus zu gehen und Formen anzunehmen, von denen wir nicht einmal in den schlimmsten Träumen träumten, wohl noch weniger unsere Hersteller. Aber die werden sich an unserer Marter wohl kaum stören; zu langlebig sollten wir ja nicht sein, sonst stimmt der eigene Gelbeutel oder besser die (wenigstens virtuell meist weitaus geräumigere) Kasse nicht.

Doch eines muss man den Damen und Herren, in deren Obhut wir sind, lassen: Sie behandeln uns mit Ernst. Außer wenn wir leer sind oder alt und brüchig. Mit unbrauchbaren Krüppeln verfahren sie gnadenlos. Ohne Federlesen werden sie der Kremation zugeleitet, egal ob noch Leben in ihnen, in uns ist oder nicht. Ich finde, neben der Menschenrechts- sollte auch eine Geldbeutelrechtskonvention eingerichtet werden, und zwar sofort. Denn schließlich, was ist der Mensch ohne uns? Der größte Geist flieht dahin, wenn er sich nichts zu essen kaufen kann! Und Geld nur offen in der womöglich noch löchrigen Hosentasche sitzt doch gar zu locker – außer eben bei den ganz Armen, die es ja eh gleich wieder ausgeben müssen, kaum haben sie es erhalten.

Daher ja ihr Ernst. Für einmal wenigstens gilt ihr Interesse dem Innern und nicht der Schale, mag diese auch noch so verlockend aussehen. Und Nächstenliebe wird hier großgeschrieben, denn das Interesse beschränkt sich keineswegs auf das eigene Geldfach. Nicht nur bei Dieben – ich zweifle sogar, ob bei ihnen am meisten. Heiratslustige, Banken, Versicherungen, Geschäfte aller Art oder Hauseigentümer verhalten sich manchmal fast noch biblischer.

Für uns münzt sich ihr Ernst etwa in Umklammerungen um, die manchen Liebenden neidisch machen könnten. Bei großen Entschlüssen gesellen sich erst noch der kalte Schweiß und das feine Zittern wie vor dem ersten Rendezvous dazu. Die Wonne nachher bleibt indessen meist aus; gestreichelt werden wir selten. Eifersüchtig bewacht hingegen schon, für einmal nicht mit Argusaugen, sondern mit wie von ungefähr tastender Hand; bei uns traut man dem Tastsinn mehr zu als allem anderen. Doch das ist ja auch in der Liebe so, zumindest beim Sich-Lieben.

Und wenn wir schon vom Sehen reden: Man muss schnellen Blickes sein als Leerfach. Und sich nicht blenden lassen, denn lange residiert man selten im Lichte der Welt. Blitzaufnahmen sozusagen, bevor man wieder in die nur zu häufig stockdunkle Höhle verschwindet. Schnell ein Ladentisch, ein Fahrkartenautomat, das Innere einer Kirche oder eines Bordells oder einer nach Benzin oder Öl duftenden Autowerkstätte. Geldautomaten und Bankschalter sind langweilig. Nicht weil sie häufig zu starker Gewichtszunahme, oft gar zu Überfressen führen, nein, sie gleichen sich einfach zu stark. Nicht ganz, aber fast wie ein Ei dem anderen. Auch das Verhalten der Schalterbeamten. Weltweit und in den meisten Sprachen. Sonst lichten wir eine überraschend farbenfrohe Wirklichkeit ab, und ich frage mich, ob wir die Farbe noch als solche erkennen würden, hätten wir mehr als unsere Momentaufnahmen. Zugegen sind wir ja meistens. Sogar bei heißen Nächten. Und die bekommen wir mehr zu Gesicht, nicht nur zu Gehör, als man denkt; gerade dann fallen wir nämlich nur zu leicht aus unseren sonst so wohlbehüteten Tresoren. Und für einmal stört uns das ohrenbetäubende Rascheln und Klimpern in uns selbst, das mitunter einer altehrwürdigen mechanischen Registrierkasse kaum nachsteht, mitnichten im Genuss. Dem Genuss des Voyeurs zwar nur, denn wer führt schon gleichzeitig zwei von uns mit, erst noch verschiedenen Geschlechts. Ich fürchte, gäbe es ihn, müssten die meisten von uns nur schon ihrer Keuschheit wegen in den – christlichen, am ehesten wohl römisch-katholischen – Himmel. Und erst noch ohne jedes eigene Verdienst an unserer reinen Weste.

Und damit fällt mir nichts mehr ein, nur noch hin und wieder zu viel aus mir hinaus. Ich bin müde und weiß mir das Feuer – doch das Fegefeuer? – sicher. Mein Leben war nicht eines der längeren, aber es kann sich sehen lassen. Ich bin nämlich eine der Glücklichen, die sich paaren durfte – fast – da ich mehrmals in der Handtasche – den Handtaschen – Besuch erhielt, und es waren auch Ers darunter. Nichts als Runzeln und schon fast ohne Kleingeld, erwarte ich gelassen die Entdeckung meiner Hinfälligkeit. Die Noten und die Ausweise habe ich noch, immerhin, und ich werde mir Mühe geben, Schutz und Obhut zu gewähren, solange ich's vermag – wenn ich denn so lange darf.

Als wär ich ein Stück von ihm

Entsetzlicher als jener Abend ist keiner gewesen. Zerriss der Kerl mich doch beinahe und schmetterte mich zu Boden, kaum hatte er zu Hause die Türe zugesperrt und den Mantel über irgendeinen Stuhl geworfen. Gewiss, das war nicht das erste Mal – aber wenn man so kurz zuvor noch in so seliger Wonne, Seite an Seite mit dem niedlichsten Rot und Gold der Welt dahergeschaukelt war –

Unmittelbar vor und eine ewige Zeit nach meinem Rauswurf – wie endlos können doch ein paar Minuten sein! – hatte er getobt, geschrien, ja gebrüllt, als gelte es sein Leben. Hatte gewettert, gewettert aufs Geratewohl drauflos zunächst, dann aber immer eindeutiger und immer erbarmungsloser gegen eine Sie, unzweifelhaft die Garantin meines eben erloschenen Glücks. Hatte Ausdrücke gebraucht, die wohl kaum eine Frau als Kompliment versteht, und dazwischen mit unglaublicher Ausdauer Körperteile benannt, deren Rundungen, Temperatur-, Kompressions-, Geruchs- und Klangregister mir nur zu gut bekannt sind – auch ohne diese didaktischen Anstrengungen.

Wahrscheinlich war ich, nachdem der erste Schmerz vom für einmal zielgenauen

Würgegriff, der mich nach dem Handgemenge und dem fast geschluchzten „Da nimm!" der nachher Verfluchten in die rechte Vordertasche seiner Jeans gepresst hatte, und vor allem nachdem der Schlag vom wütend-harten Aufprall auf dem Wohnzimmerboden abgeklungen war, weitaus besser bedient irgendwo vergessen auf einem etwas schmuddeligen Teppich als in der elenden engen rechten Vordertasche mit ihren groben Nähten. Ziemlich bald rannte er nämlich unendlich lange wild und ziellos in der Wohnung umher, stampfte auf die Spannteppiche, warf auch noch mit Taschentüchern, dem Feuerzeug und dem Schlüsselbund um sich, sodass mir, besonders in der beklemmenden Enge dieses Hosenmodells, höchstwahrscheinlich am Ende noch ganz unprofessionell schlecht geworden wäre.

Trotz durchaus nicht immer frischer, angenehmer Luft war ich ohnehin meistens erleichtert, wenn ich plötzlich für länger ins Freie durfte oder musste. Und wenn er mich gleich zu Beginn auch noch materiell erleichterte, ja mir geradezu eine Schlankheitskur verordnete, war das selbst an übelsten Orten stets ein Segen – nur schon aus technischen, aus klimatechnischen Gründen. Die zahlreichen kurzen bewegten Licht- und Schattenblicke alle Tage, die gehören ja zum Metier. Dieses gewaltsame, ja fast gewalttätige Fressen, das zwar weniger abrupte dafür oft umso häufigere und mitunter qualvolle Erbrechen danach. Finger, die sich bis tief in die Magengegend und noch viel, viel tiefer hineinbohren, oft zur Unzeit und immer und immer wieder.

Ganz besonders an jenem Abend war die so plötzlich verordnete freie Ruhe (ohne Abspecken) wegen der durch kaum etwas zu überbietenden Hosentaschen-Enge mehr denn je ein Geschenk des Himmels. Daran änderte auch nichts, dass es nur das mir nur allzu bekannte ziemlich schmutzig braun eingeräucherte, ursprünglich wohl cremeweiße Wohnzimmerdecken-Himmelsgeschenk war.

Und dass es sich reichlich kurz schenkte – viel zu kurz.

Plötzlich packte mein Herr nämlich den Telefonhörer, wählte hastig eine Nummer, betastete fast gleichzeitig die Rücktasche seiner Jeans, erschrak, hatte gerade noch Zeit, sich wieder halbwegs zu fassen, bis sich auf der andern Seite eine Frauenstimme meldete. Sie säuselte ihm etwas ins Ohr, er gab überbetont leger, aber knapp zurück, und mit seiner Bestätigung „also dann, bis in einer halben Stunde!" war es um meine Ruhe schon wieder geschehen. Fiebrig, zappelig begann er mich zu suchen – ach hätte ich mich doch in ein Mausloch verkriechen können! Aber erstens bin ich punkto Fortbewegung höchst unselbständig und zweitens hausen Mäuse, wenn sie denn in Mietwohnungen, erst recht in nicht ebenerdigen, überhaupt hausen, wohl nicht an den allerzugänglichsten Orten. Zum Glück kannte er sich vor lauter Aufregung wieder einmal selber schlecht und suchte zunächst in völlig falschen Winkeln; ja er kroch zu Schlitzen und Nischen hin, wo nur ein jeder Ballistik spottender Kurven-Wurf oder Kurven-Fall mich hätte hinkatapultieren können. Natürlich fluchte und schrie er wieder, bis er endlich ganz zufällig – er wollte eben zum -zigsten Mal seine Mantel- und Jackentaschen leeren – über mich stolperte. Er meinte wohl, es sei irgendein Elektrokabel, das ihn da in seine Schlinge genommen habe, trompetete deshalb zunächst noch erbarmungsloser weiter – um nachher, nun seinerseits blitzartig erleichtert, wieder zu stolpern, diesmal über seine eigenen Füße, und beinahe hinzufallen. Wie ein Ertrinkender an den Rettungsring krallte er sich an meine mäßig, aber, wie sich zeigen sollte, wertvoll gefüllte Wenigkeit, stopfte sie so gewaltsam auf seinen Hintern, dass zwei, drei meiner Nähte und Kanten noch immer zwar äußerst unbequem, aber günstig für Spionageblicke aus dem Stoff hervorragten, und fieberte – fieberte jetzt erst recht, mindestens vierzig Grad im Schatten – gefühlte vierzig Grad.

Gläserklirren, irgendetwas fiel zu Boden, ging aber nicht in Brüche, Flaschen, deren

Bäuche leicht aneinanderschlugen, und kaum hatte er sie abgestellt, läutete es.

Herein kam ein recht üppig duftendes und bemaltes, ziemlich junges Etwas, der Stimme nach wahrscheinlich die Dame, die er vorher angerufen hatte. Aus dem dicken langen Mantel schälte sich knappe Kleidung, irgendein schwarzes kurzes Trägerkleidchen, und etwas unnatürlich braune, aber, wie es schien, recht zarte Haut. Hochhackige Schuhe machten die löwenmähnige schlanke Brünette beinahe so groß wie meinen Herrn und Gebieter.

Er führte sie in den nur durch sein zierliches Ständerlämpchen und – eine Premiere – auf dem Tischchen zwei irgendwoher hingezauberte Kerzen spärlich erleuchteten und eilig besprühdufteten „Salon", das Wohnzimmer eben, das ohne die paar Poster an den Wänden und ein bisschen glänzendes Chrom an den Beinen des gläsernen Salontischchens eigentlich eher eine Rumpelkammer war – ausgiebige Gelegenheit für mich, die fast zu mechanisch gelenkigen Bewegungen der frisch Angekommenen, ihren Schritt, der zwar etwas grob, nicht aber ohne Anmut war, zu beobachten. Diese Beobachtungen hatten allerdings ihre Tücken, ich musste ja mit dem Seegang meines eigenen Herrn fertigwerden, und der führte manchmal schon zu, gelinde gesagt, einigermaßen sonderbaren Blickwinkeln – und Panoramen. Mindestens so gern hätte ich die Szene liegend beobachtet, wenn man mich schon nicht in der sonst üblichen, nur kurz unterbrochenen Blindheit beließ; schließlich hatte ich vorher dort gelegen, wo man jetzt hinging – in der Rumpelk..., halt!, natürlich im Salon.

Man setzte sich auf das Sofa. Dann Korkenknallen, schäumende Gläser. Dann Floskeln in jenem lockeren Geselligkeitston, der bei meinem strammen Jüngling Vorbote ist für – nun ja....

Und wie schmerzhaft dieses Nun-Ja für Inhalte von modisch knappen Gesäßtaschen werden konnte, das sollte ich an jenem Abend so drastisch wie noch nie zuvor erfahren. Bis fast zur Bewusstlosigkeit.

Vorerst schob mich die übliche breite, etwas säuerlich schwitzende Hand lediglich ganz zurück in mein Verlies. Irgendwie fühlte sich die Gesäßbacke nicht wohl, wenn sie mich in luftige Freiheit zu drücken drohte; mehrmals hatte ich das schon beobachtet. Anmahnungen *solcher* Art Erleichterung mochte mein Herr nicht.

Obwohl er sonst gar nichts gegen Erleichterungen hatte. Besonders wenn er mich an einem gewissen Örtchen mitsamt Hose in die Tiefe sausen ließ, sich auf so etwas wie einen Stuhl mit Schlund in der Mitte setzte und sogleich und wie's schien mit einiger Muskelkraft zu arbeiten begann. Seine Mühen kommentierte er jedenfalls häufig mit einem mitunter recht lüsternen

Zwischending zwischen Röcheln und Stöhnen. Nicht-textiler Stoffwechsel, mir selber ja fremd, forderte eindeutig seinen Tribut. Kurz darauf plumpste dann etwas, etwas recht Schweres, in das gelochte Wonnesitzding hinein – sie benennen es mitunter mit recht direkten Anspielungen auf Verrichtung wie Resultat –, und klatschte dort in irgendeine Flüssigkeit, wahrscheinlich Wasser (ich sah's ja nie, da ich, eingegraben in Gewebewulste, am Boden lag – im eigentlichen wie im übertragenen Wortsinn). Selten vollzog sich der Aufstieg an meinen gewohnten Platz sanfter und, ja, gelöster als nach solchen Akten. Das Brausen und Glucksen nachher, das müsste ja nicht unbedingt sein. Aber vielleicht ist nur so der atemberaubende Gestank, wohl der Preis der Erleichterung, zu vertreiben, der sich sofort überall breitmachte. Allerdings: Wenn sonst Luft ähnlicher Würze an mir vorbeiströmte, stellte sich auch ohne diesen Lärm nach wenigen Augenblicken wieder Normalgeruch ein.

Gestöhnt oder geröchelt wurde jetzt auf dem Sofa zwar nicht – noch nicht, wie sich bald zeigen sollte –, dafür aber gedrückt, und wie! Mann und Frau kamen sich bald schon näher, dann noch näher. Stoff an Stoff, gleich danach Haut an Haut, ließen Worten schnell Taten folgen. Und diese Taten verschlugen ihnen bald recht wirkungsvoll die Sprache. Was anfänglich Satz war, zerbröselte schnell zu Wörtern, immer welligeren und dünneren Wörtern, franste kurz darauf vollends zu Geräuschen, zu Hauch aus. Endlich lag man, ich zuunterst. Gewaltig gepresst zwar schon, doch allzu Arges war noch immer nicht zu befürchten; die Sofapolsterung war ja angenehm weich und auch die Rundungen in den Jeans spannten dank den ausgestreckten Beinen nicht. Das einzig Unangenehme in solchen Fällen ist die Enge; an die Dunkelheit hat man sich ja längst gewöhnt.

Aber dann wurde ohne Vorwarnung alles turbulent.

Der Maestro sprang plötzlich auf, die Hosen flogen an seine Füße, und schon lag er wieder, den völlig zerquetschten und verbogenen Stoffwulst mit mir drin um seine Knöchel. Irgendetwas landete auf dem Fußboden, wahrscheinlich das Kleid der Frau. Und dann begann das Röcheln und Stöhnen. Beide, aber mehr sie. Nichts Neues, sicher, wobei mir allerdings schien, dass etwas mit den Lauten der Frau nicht ganz stimmte.

Doch man gab mir nicht lange Zeit, mich an alte Gewohnheit zu gewöhnen, denn nun starteten sie wirklich durch: ein Rucken, ein Zucken, ein Schlagen, ein Stoßen, ein Ziehen, das Sofa erbebte und stöhnte mit, ich, wie gesagt nicht ganz leer – vor allem das gute Halbdutzend Plastikkarten machte mir zu schaffen –, platzte diesmal wirklich beinahe aus allen Nähten, hätte auch ganz gerne ein wenig mitgestöhnt, und sei's auch nur, um sie zu erschrecken, wenn ich nur das Organ dazu gehabt hätte. Rasend, immer rasender wurde die Fahrt – wahrscheinlich sind Taifune so.

In meinem Elend sehnte ich mich zum ersten Male wieder in jenes Regal zurück, wo ich am Anfang, fast ganz am Anfang, es handelt sich um die ersten vollständig bewussten Erinnerungen, mit vielen gleichen oder ähnlichen Artgenossen, noch mehr oder weniger glaubwürdig nach Leder duftend – diese furchtbaren, ewig juckenden Essenzen, die zu diesem Echtheitsduft verhelfen sollen! –, wo ich also am Anfang selig ruhig gelegen hatte; ab und zu nur etwas zur Seite gewippt oder emporgehoben und von immer wieder anderen und anders beschichteten Fingern betastet oder geöffnet, bis ich, wohl gegen gutes Geld, in die Tasche meines Meisters gekommen war, dazu ausersehen, genau solches Geld oder das, womit man es ersetzt oder bezieht, zu hüten. Doch goldene Zeiten kehren ja selten wieder. Aber immerhin: Auch die Zeiten im Salon wurden nach nicht allzu langer Zeit wieder weniger turbulent; ja, selbst die Ruhe nach diesem Sturm war nach einigem Ausebben nahezu vollkommen, allerdings auch nahezu vollkommen erstickend.

Bis dann jene Attacke kam, die unmissverständlich auf mich gemünzt war:

Hastige Griffe tasteten in das Gewühl von Hose hinein, fanden zunächst die falsche Tasche, dann aber viel zu bald mich. Ich wurde mehr aufgesprengt als aufgeklappt, dann rissen die mir wohlbekannten Finger zwei, drei gleichartige, wohl wertvolle Scheine aus mir heraus, klappten mich wieder zu und legten mich auf den Tisch. Die Frau bedankte sich geradezu überschwänglich warmherzig. Dann schenkte mein Herr nach und man hob wieder die Gläser.

Solche Attacken meines Herrn, sie waren ja fast immer ungut. Fast immer waren es unliebsame oder nicht ganz koschere Ausgaben, die so – strapp! – schon vergessen werden sollten, bevor sie – schnapp und schwuppdibubb! – getätigt worden waren. Weg, fort, vergessen, das Kapitel hatte zu Ende zu sein, noch ehe es begonnen hatte, ja, es hatte gar nie wirklich begonnen.

Dabei kann er sonst auch ganz anders:

Vom zaghaften Ramschen und Grapschen – hinaus, herein, wieder anderer Schein, wieder, wieder, am Schluss vielleicht gar eine Karte – über ein zartes Zupfen, ein behutsames Einschieben bis hin zu allen Arten und Richtungen von Amplituden bescherte er mir gewöhnlich ein recht kurzweiliges, recht reizvolles Programm, wenn er mit all den Köpfen, meist Köpfen von längst Verblichenen, all den Monumenten, technischen Wunderwerken oder Landschaften hantierte – ganz besonders beim Herausklauben von Kleingeld, wo die richtigen Münzen, sei es aus Bosheit, sei es, weil sie es für unanständig hielten, gegen die Gesetze der Schwerkraft zu rebellieren, den Fingerkuppen einfach ständig entwischten. Manchmal packte sogar mich so etwas wie Mitleid; aber da man mich selbst ja ebenfalls packte, konnte ich es selten ausleben. Oft war es auch schlicht zu kalt oder zu heiß dazu.

An jenem Abend blieb ich noch Stunden auf dem Tisch liegen. Qualvolle Stunden. Qualvoll deshalb, weil die Frage immer ätzender an mir, in mir nagte: Ist das Liebe? War das, was die beiden da eben auf dem Sofa getrieben hatten, die Art, wie die Menschen jene Leidenschaft auslebten, deren innige, bebende Stille mich noch wenige Stunden zuvor beinahe den Verstand gekostet hatte? Was half es, dass ich ähnliche, allerdings nicht gar so lebhafte Szenen auch früher schon miterlebt hatte; jetzt sah ich alles mit – ach! – so furchtbar anderen Augen!

Hätte es meinen Herrn vielleicht nicht doch ein bisschen interessiert zu wissen, was er angerichtet hatte unmittelbar vor seinem Sturm –?

Der Nachmittag war strahlend schön und herrlich warm gewesen. Ich war, wahrscheinlich deshalb, in die Handtasche seiner Begleiterin unplatziert worden. Zwar war mir die Frau bekannt, vor allem akustisch, sie näselte leicht – nicht aber jenes

Universum voller oft unglaublich exotischer Kleinode. Und Universum musste sein, wo ich hineingeriet, denn es war kaum zu fassen.

Natürlich war an meinem späteren Elend nicht dieses Universum, der unermessliche Wirrwarr wohl samt und sonders restlos unentbehrlicher Intimitäten schuld, sondern da lag wenig weit von mir noch so ein – Beutel, so ein Sack, ich weiß nicht, wie man sowas nennen soll. Bei Tageslicht glich es einer Art seltsamem, plumpem Käfer. Es roch noch, zwar nicht so recht nach Leder, dafür umso intensiver, umso interessanter; es musste also noch sehr jung sein. Während eines langen Lichtintervalls bei gleißendem Sonnenschein sah ich, dass es rot war und etwas goldglänzend Blendendes, etwas Geschwungenes, wie zwei stilisierte Hände, die zart, ganz vorsichtig ineinandergriffen, auf den Scheitel geklemmt trug. Als ich dann sah, wie die Frau dem roten Ding die gleichen Köpfe und Girlanden auf Metall und Papier entnahm, die ich in mir wusste, erkannte ich den Artgenossen. Als ich weiter mit ansah, wie sanft und mit welchem Zuvorkommen, welcher Anmut diese Frauenhand die Münzen und Scheine anfasste, verliebte ich mich zunächst in die Hand, hoffte, dass sie bald auch in mich fahre (was sie wenig später auch wirklich tat), dann aber verliebte ich mich hoffnungslos in jenes Andere, das, offenbar ganz selbstverständlich, so umfassenden Respekts würdig war. Es tat mir schrecklich leid, eben noch an einen Käfer gedacht zu haben.

Ich kam mir vor wie einer, der vom ersten Schlaf erwacht oder ein Blinder, der zum ersten Mal sieht und weiß, dass er sieht, aber vorerst nur staunt, nicht wagt, beschämt nicht wagt, irgendetwas zu benennen – wiederzubenennen. Ein Schaudern, ein Schmerz und zugleich ein erregendes Kribbeln fuhr durch alle meine Nähte. Ich wusste nicht mehr, wer ich war, noch, wo ich war; ich wusste nur noch Rot, Rot und elegantes, zierliches, allerliebstes Gold. Ich kannte nur noch eine Kraft; eine Kraft, gegen die alle Pressungen und harten Stühle nicht der Rede, ja nicht des leisesten Mucksers wert waren, und zerbarst fast an der Einsicht, dass einzig wiegender Zufall, nicht diese Kraft mich ihr näherbringen konnte. Ja, sie war eine Sie, ich ein Er! Wie ein Nadelstich durchfuhr mich diese Gewissheit. Banal bei Menschen, erschreckte mich dieses Bipol in unseren Sphären beinahe zu Tode. Hinein in einen glühenden, bebenden Tod.

In ihr schien es aber gar nicht zu blitzen. Weder wurde sie röter noch blasser, noch glänzte sie mehr oder weniger, schon gar nicht versuchte sie, sich in meine Richtung zu neigen. Doch konnte *sie mir* denn überhaupt etwas anmerken? Sah man *mir* in irgendeiner Weise meinen Zustand, meine Nöte an? Sind wir denn wirklich dazu verdammt, in alle Ewigkeit in uns hinein zu hassen und zu lieben, zu trauern und zu jubeln?! Bisher war mir meine angeborene Introvertiertheit gar nicht aufgefallen – schon gar nicht unangenehm.

Doch da half uns die Tasche oder die Frau. Ein sanfter Ruck – und wir lagen nebeneinander. Haut an Haut – die ihre schien übrigens anders beschaffen zu sein als meine, irgendwie leichter, irgendwie nachgiebiger –, wiegende Schritte schmiegten uns immer näher aneinander, sie bestreichelten uns gegenseitig, und da geschah es: einer der goldenen Bü..., er schien zu, wie zu, zu wi-, er na-, scha-, schwo-, schwu-, schü-, er errö-, erbla-, zerfl- zezeze-...

Sie sehen, auch jetzt, beim posthumen Wiedererzählen, fallen, purzeln, kullern mir nur Silben, Lautfetzen drunter und drüber. Was geschah, ist wohl unaussprechlich. – Oder verwechsle ich etwa meine Hoffnung mit ihren Gefühlen, beides erst noch mit Wirklichkeit? Jedenfalls, denke ich, kann keine Umarmung, auch die leidenschaftlichsten, die ich sah oder hörte nicht – ganz zu schweigen von den nach jenem Nachmittag im Nachtprogramm auf dem Sofa folgenden – schöner, ergreifender, hinreißender, beglückender sein. Der uralte Kitschspruch, den ich besonders an

Bierrunden unzählige Male zu hören bekam, wonach das Ewigweibliche hinanziehe, wurde für mich schlagartig einziger Lebensinhalt. Allerdings zog es nicht, es wiegte ja.

Und ganz so ewig war das Weibliche denn auch wieder nicht, wenigstens für mich nicht. Ein weiterer Allgemeinplatz bewahrheitete sich kurz später einmal mehr; jener nämlich, wonach Schönes selten lange währt.

Mitten aus meiner Verzückung hinaus nämlich riss mich eine Hand. Eine Hand, die ich nicht kennen wollte aber leider nur zu gut kannte. Dann zerrte mich die plötzlich gar nicht mehr zarte Hand der Taschenbesitzerin in die Gegenrichtung. In mir ein stechender Schmerz, um mich Fluchen. Die Frau vergaß vor lauter Aufregung sogar ihr sonst so geläufiges Näseln, steigerte sich in einen starken, lärmigen Brustton. Dann jenes geschluchzte „Da, nimm!", dann ein Ruck, dann jener bereits geschilderte Würgegriff, dann hinein in seine Hosen, aber in eine Vordertasche, wo's noch fast enger als sonst zuging, denn sie war mit unzähligen anderen Utensilien vollgestopft. Zudem hatte ich eine Risswunde abbekommen, die bestimmt niemandem auffiel, aber bald noch größer klaffte.

Gegensätze ziehen sich an, scheint's. Oder stoßen sich ab. Liebe musste aus Tasche, weil zwischen Taschenbesitzerin und

Gebieter nicht mehr Liebe. Jedenfalls nagelten sich die Frauenschritte bald in unbestimmte Ferne davon.

Vordertaschen sind weit unangenehmer als Gesäßtaschen. Vor allem bei großen Schritten kneifen sie dich, knicken dich beinahe in der Mitte entzwei. Hinzu kommt zwischen den Beinen noch so ein weiterer Wurm, der sich manchmal ohne jeglichen Grund plötzlich aufplustert, ins Unermessliche wächst. Auf einmal litt ich unter Asthma, bekam kaum Luft. Noch nie war mir zuvor aufgefallen, dass ich überhaupt Luft hätte bekommen sollen, von stören ganz zu schweigen. Jetzt würgte mich, würgte mich alles und fast überall. Mein Herr schien das zu merken, kratzte sich dauernd, meinte wohl sein Bein oder seinen unbotmäßigen Mittelstürmer, traf aber mich. dann rannte er. Dann kam er keuchend zu Hause an. Dann, wie bekannt, warf er mich auf den Boden, fand mich, stopfte mich wieder in seine Jeans und dann...

Nach diesem „Dann" lag ich, wie gesagt, noch einige Zeit auf dem Tisch. Man trank, vor allem mein Herr. Wieder lag man, das heißt sie, das brünette Epizentrum des Taifuns, saß. Beide hatten sich nach dem zweiten Mal wieder bekleidet, so einigermaßen wenigstens. Wieder lösten sich Sätze zu Wörtern, Wörter zu Silben und diese noch weiter auf, diesmal allerdings in ein Lallen.

Und nur bei meinem Herrn. Sie sagte wenig, dieses wenige aber wie gestanzt, schenkte ihm nach.

Dann schlief der Taifun ein, begann alsbald leise zu schnarchen. Nach meiner Erfahrung schnarcht mein Herr nur, wenn er betrunken ist. Das Epizentrum, also sie, versicherte sich, ob wirklich galt, was schien, stand dann leise auf, klaubte mich behutsam vom Tisch, zog sich den Mantel über und ging.

Schon wieder in einer Damentasche. Doppelt genäht hält... – aber nein, untreu wollte ich nicht werden, gleich auch noch untreu, also das ganze Programm, sozusagen im gleichen Aufwasch! Möglich, dass ich mich wieder an so etwas Hautigem gerieben habe, aber zum Glück war es um mich herum nun überzeugend dunkel. Zu dunkel für irgendetwas.

Nicht viel weniger dunkel war es, als eine ausgiebig beringte Hand mich wenig später unter einer Laterne ans Nachtlicht hob, mir so ziemlich alles Papierene und Metallene entnahm und mich dann achtlos auf die Straße warf. Schon wieder wurde ich geworfen –

Benommen blieb ich liegen. Lange liegen, sehr lange diesmal. So lange bis endlich ein Besen mich schon in den Müll kehren wollte, innehielt, ein grober, zerfurchter Handschuh in den Abfällen fischte, mich dann in einen Schlund fallen ließ, dessen

Abgrundtiefe nicht zu ermessen war und noch weniger zu beschreiben ist.

Später gelangte ich in etwas Flacheres, aber Geräumiges zu lauter Unbekannten, immerhin Meinesgleichen, und zu guter Letzt – kaum zu glauben! – in Papier verpackt, ja, verpackt diesmal, wieder zu meinem Gebieter. Der aber nahm sich meiner kaum an, pflückte sich nur den Kunststoff aus mir heraus, schob die Karten in einen etwas hellerbraunen, noch vor Neuheit steifen faltenlosen Kollegen. Dann warf auch er mich weg. Achtlos auch er – und diesmal endgültig.

Doch was lag da im Kehricht des Müllabfuhrwagens? Ich traute meinen schwindenden Sinnen kaum, aber ich konnte schauen, so lange ich wollte, immer noch lag er da, lag und lag – der auch etwas zerbeulte, etwas rissige, aber umso rötere Zufall! Mit noch immer wunderschönen, schlanken Goldbügeln. War sie's – war sie's wirklich, wahr- und stofflederhaftig?! Jedenfalls hätte ich jeden Handschuh, auch den allerfeinsten, hundertfach ins Pfefferland gewünscht, der auch nur versucht hätte, mich hier, hier aus meinem sicheren Verderben herauszufischen! Wieder lagen wir nebeneinander, mit leeren Körpern diesmal, starrten uns an, Schatten des Todes um, aber Himmel, alle erdenklichen Himmel, die in unsere Fächer und Schlünde passen, in uns.

Nur ist selbst das betörendste Glück selten rein, ganz rein. Etwas hat nämlich mein treuloser Jeansträger in mir zurückgelassen. Leider. Eine reichlich schmuddelige, völlig zerknitterte Visitenkarte mit seinem Namen in schwungvollen Lettern drauf. Marcel Meyer hat er geheißen –

Marcel Meyer!

Der Moment

Rehbraune Augen ganz nah
Rehbraune Augen, auf sein Gesicht gerichtet, ihre elastische, warme, weiche Brust
an seinem Hinterkopf
Rehbraune Augen, um sie herum ein junges, ebenmäßig zart-hellbraunes Gesicht,
kein Studiobraun, dunkelbraunes, fast
schwarzes langes Haar bis tief in den Rücken hinunter, zu einem Pferdeschwanz zusammengebunden, sie arbeitet
Schmale Striche über den Lidern, zart gezupfte und geschnittene Brauen, feine, aber
volle Lippen, nachgezeichnet und nachgefärbt auch sie, aber mit vorsichtiger, kundiger Hand und behutsamen Auges, das im
Bad ebenso sorgfältig seinen gespiegelten
Blick auslotet wie das markante und gleichermaßen filigrane, fast elliptische Außen
unter- und oberhalb, das die Hand nicht
neu, nur ausdeutet
Keine Maske, keine Schablone, ein lebendiges Gesicht, lebendiger, hübscher, ausdrucksstärker noch durch etwas Zutun
Jetzt aber gilt ihr aufmerksamer Blick seinem Mund, denn sie soll seine Zähne von
Resten säubern, die selbst leistungsfähigste,
umfassend programmierbare elektrische
Bürsten nicht zu tilgen vermögen; sie ist von
Kopf bis Fuß in Weiß; Kittel, Hose, ja sogar
die Schuhe

Vom großen Fenster her schlierig-graues Nachmittagslicht, von oben ein mächtiger, greller Strahler, dazu gedämpft Geräusche der Straßenbahnen, Autos, Züge, Laute vom Platz im Stadtzentrum halt, an dessen Südostseite die klassizistische Häuserflucht mit Büros, Praxen und Geschäften liegt, säuselnde Musik aus Deckenlautsprechern, alle paar Minuten unterbrochen von einer männlichen Radiostimme

– Kopf zu mir drehen bitte, Mund gut öffnen.

Wieder die elastisch-weiche, warme Brust, die sich an seinen Hinterkopf bettet, wieder die rehbraunen Augen, der ruhige, präzise Blick

Der Blick, der auch bleibt, wenn er seine Lider schließt

Der Blick, der ihn nicht kennt, nur seinen Mund, nur die Zähne, die aber besser als er selbst

Die kundigen Hände, die ihr Gesicht auszeichneten, nun in seinem Mund, oder zumindest die Zangen, Haken oder Apparate, die sie führen

Behutsam – auch – behutsam führen. Behutsam, zielsicher und bestimmt

– Geht's?

– Ja, bestens, keine Schmerzen.

Er spült, dann surrt die Polierbürste über sein verschiedentlich repariertes und deshalb an Materialien recht vielfältiges Gebiss

– Noch einmal spülen, bitte.

Der Herr Doktor kommt mit seiner Lupenbrille, bespiegelt die beiden Zahnreihen, bestätigt, alles in Ordnung, kein Handlungsbedarf – keine hohen Rechnungen
Doch dann, wie sie ihm den Latz abnimmt, geschieht jener andere Blick, jener von Gesicht zu Gesicht, jener von Gefühl zu Gefühl, jener, der hin- und hergeht, dann -springt, jener, der nicht weiß, wann und warum er begonnen hat und wie und wieso er endet
Beide sind überrascht, ja verblüfft, erschrecken nur kurz, dann lächeln sie. Ein unverhofftes, so reichhaltig beseeltes Geschenk an einem grauen Frühherbstnachmittag in einem Behandlungszimmer für zahnärztliche Dienstleistungen –
Sie lächelt ihn zu sich hin
Er entwindet sich den Winkeln der bequem gepolsterten, elektrisch auch für schwierige und heikle Arbeit an Zahn und Kiefer zurichtbaren Liege, sie weicht nur so weit zurück wie unbedingt nötig, dass er aufstehen kann
Sie liegen sich in den Armen, ihre Lippen berühren sich, helles gepflegtes Weinrot auf etwas weniger hellem und weniger gepflegtem, ihre Zungen grüßen, befühlen, streicheln sich
Streicheln, nicht mehr
Ihr Mund schmeckt gut, Blumenduft (welche Blume?), seiner nach Fluorpaste und

aseptischer Sauberkeit, ihrer beider Haut-
geruch vermengt sich mit ihrer beider Eau
de Cologne zu luftiger, prickelnder Würze;
kein Schweiß stört

Solche Momente haben nie zuvor geschwitzt – erst recht nicht in solid renovier-
ten und daher gut klimatisierten Räumen

Solche Momente sind zeitlos – auch in der
Erinnerung; ohne Zeitmass tauchen sie auf,
ohne gedauert zu haben verschwinden sie
und kommen wieder

Und ein solcher Moment hätte nicht lange
gedauert, hätte ein Chronometer ihn aus
Versehen in Sekunden und Minuten gemei-
ßelt

Bald nämlich nähern sich im Flur Schritte
und die beiden lassen voneinander

Die Kollegin vom Desk schaut herein, fragt
nach der Verfügbarkeit für eine ziemlich
ausgiebige Behandlung nächste Woche

Die Dentalhygienikerin ist verfügbar, gibt
nachher seine Daten in den Computer ein,
vereinbart mit ihm den nächsten Termin, in
einem halben Jahr, im Februar, wird er wie-
derkommen; dann begleitet die noch junge,
schlanke Frau den großgewachsenen, nicht
mehr ganz jungen und nicht mehr ganz
schlanken Herrn im gerade noch nicht zu
knapp sitzenden dunkelblauen Straßenan-
zug und hellblauen Hemd (die Krawatte hat
er vor dieser Sitzung losgebunden; sie liegt
nicht ganz ordentlich in der linken Tasche
des Jacketts), den Nicht-ganz-Mann-von-

Welt mit dem fahrigen, wie selbstvergesse-
nen Schritt, den wenigen, eigentlich zu wenigen Falten und Furchen im bartlosen
bleichen Gesicht, die sich kaum trauen, Falten und Furchen zu sein, mit dem zu mar-
kanten Kinn, den schmalen Lippen, der
nicht minder schmalen Nase und den
grauen, an den Schläfen fast weißen Stop-
peln – sie begleitet den Kunden, von dem sie
sich nur flugs ein Abbild genommen hat,
vielleicht für nichts weiter als die Gegen-
wart der paar Schritte, hinaus und begrüßt
den Nächsten – die Nächste
Wenige Wochen später wird sie schwanger
– von ihrem Ehemann; das erste Mal
Auch der Nicht-ganz-Mann-von-Welt ist
verheiratet, schon lange, erste Ehe für
beide, zwei Kinder, eine fast erwachsene
Tochter, gut zehn Jahre jünger als der rehbraune Blick, ein Sohn, eben fünfzehn geworden, ein Flegel; kennengelernt hat sich
das Paar auf jener großen Regionalbank, wo
er jetzt im mittleren Kader nach Luft
schnappt, wenn der Schnauf reicht, auch
nach Höhenluft
Im Februar beschaut sie wieder aufmerksam seinen Mund
Nur den Mund
Danach bedient ihn eine andere junge Frau
ebenso geschickt und ebenso präzise – die
noch junge Vorgängerin und eben erst ge-

borene Mutter pausiert nach der Geburt ih-
res Sohnes –, auch ihre jungen Augen mus-
tern ruhig und präzise, aber stahlblau
Seine sind übrigens grünbraun, ja, wirklich
grün-braun, er hat die Angaben im Reise-
pass vor mehreren Spiegeln überprüft, bei
Tages- und allerhand Kunstlicht
Geredet über den Moment haben die bei-
den nie
Diesen ewigen Moment so voller Zeit und
Jetzt
Nicht miteinander und nicht mit Dritten.

The Living Room

Das Haus war noch neu, das Gerüst kaum entfernt; doch es stand schon in vollendeter Reinheit da. Kein Staubkorn mehr, wo es nicht hingehörte – ja selbst der Garten war bereits exakt nach Plan hergerichtet und erstrahlte in zartem jungfräulichem Grün. Blumen und Sträucher in lichten, sorgfältig zusammengestellten Farben prangten in den schwungvollen Beeten, und selbst die Stützen unter den frisch angepflanzten Tännchen waren so geschickt angebracht, dass man sie mehr erriet als sah. Da nach langen Jahren endlich wieder einmal ein Frühling ins Land gezogen war, der seinem Namen alle Ehre machte, schmissen sich die Blüten nur so aus ihren Knospen heraus. Ganz besonders kam dies den zahlreichen Hängesträuchern zustatten, die wohl die gestrengen Sichtbetonkanten entschärfen sollten – jedenfalls wölbten sie sich überall in einer so selbstverständlich umfassenden Fülle, als nähmen sie ihre Aufgabe zwar schon lange wahr, schmunzelten aber gleichzeitig insgeheim darüber. Dass auch die Duftnoten nichts mehr von Bauschutt, Teer oder Chemikalien wussten, versteht sich von selbst, und erst recht nicht mehr waren es Laute wie das Dröhnen und Hämmern von Zementmischern und Schlagbohrern oder das Zischen von

Schweißbrennern, welche die in dieser Gegend sonst fast absolute Ruhe verscheuchten, sondern bestenfalls das kernige Brummen großkalibriger Autos oder das sanfte Summen des fernen Stadtverkehrs oder eines nicht minder fernen Flugzeugs.

Ganz und gar für sich allein war man allerdings auch hier oben nicht. Ähnliche, wohl etwa zu derselben und in ähnlich kurzer Zeit hingezauberte Anwesen säumten beidseitig das respektabel lange Band des noch jungen schnurgeraden Straßenteers. Aber das schmälerte den Wert der Bleibe nicht im Geringsten, im Gegenteil; ein gewisses Etwas an Geborgenheit kam hinzu, für das man nicht hatte zu zahlen brauchen.

Wenn man hingegen als Fremder durch die Fluchten dieser Anwesen ging, wusste man gar nicht recht, wer denn da eigentlich sich hingezaubert und gezahlt hatte – die frisch gekürten Einheimischen traten kaum in Erscheinung. Erst recht nicht die soeben eingezogene Familie Marthaler. Wohl am makellosesten von allen hatte sie debütiert; einzig am Licht in den Zimmern und an den am Abend stets durch die Gardinen flimmernden Bildschirmen erkannte man, dass überhaupt jemand zu Hause war. Eine dezente Regelmäßigkeit herrschte, die sich hauptsächlich in den nahezu präzisen Intervallen des Ein- und Ausfahrens der an sich schon sportlich getrimmten, mit Heckspoiler aber noch zusätzlich geschärften Limousine des Familienvaters äußerte. Kinder? – Irgendwo und irgendwie vorhanden waren sie wohl schon, gesehen hatte sie allerdings noch niemand, nicht einmal die Nachbarn, auch im Garten nicht. Doch vielleicht, wahrscheinlich sogar, würde zumindest dieses Geheimnis in ein paar Wochen die dann solider verknotete Grasnarbe lüften. Viele waren es bestimmt nicht, und mehr würden kaum dazukommen – dagegen sprach eindeutig die Erscheinung der Ehefrau. Zwar war sie für weitere Schwangerschaften noch lange nicht zu alt – wohl kaum Mitte dreißig –, aber, obgleich nicht sonderlich hübsch, für derlei Strapazen viel zu aufwendig gepflegt. Aus ihren trotzdem mitunter überaus ordinären Bewegungen sprach Herkunft, nicht Absicht, das bestätigten die offensichtlich auf diese Schwäche gemünzten Korrekturen deutlich. Wie übermächtige elektrische Stöße zuckten sie durch Frau Marthaler hindurch und legten nicht nur schonungslos bloß, was sie zu verbergen suchten, sondern hätten zum laut Herauslachen gereizt, wäre in dieser Gegend mehr als Kichern im halbwegs Verborgenen nicht Zumutung gewesen. Besonders wenn sie das betrat, was für sie bereits Öffentlichkeit bedeuten musste, den kurzen Gartenweg von der Haustüre bis zur Garage, katapultierte sich ihr jetziger Status ihren urwüchsigen Reflexen oft so gewaltsam entgegen, dass sie beinahe hinfiel. Doch verschluckte die Garage ja sogleich beides – Status wie Person.

War und verhielt sich seine Frau unauffällig bis auf ihre nicht gar so häufigen „öffentlichen" Auftritte, so gab sich Herr Marthaler nicht einmal auf dem Weg zur Garage Blößen. Der, regelmäßig abgeschritten, stellte immerhin sicher, dass er für mehr oder weniger stille Beobachter nicht ganz Phantom blieb, eine lediglich der guten Ordnung halber vermutete Existenz; verließ er doch sein neues Zuhause kaum je zu Unzeiten zu Fuß. Sonst hätte er ja nicht der Hausherr, sondern ein zufälliger Besucher, ein Verwandter oder gar – wer weiß, allem Anschein zum Trotz – der Hausfreund sein können. Dickliche untersetzte Männer mit dunklem Haar und Glatzenansatz gibt es nun mal allenthalben, auch – ja erst recht – korrekt gekleidete. Man traut ihnen viele Beschäftigungen zu, vermutet allerdings nicht ganz unterste Chargen. Zumindest ein kleines Stück Karriere haben sie wohl bereits hinter sich, wenn sie in ein solches Viertel ziehen.

Und dass der Spiegel des Erreichten bei den Marthalers glänzend gelungen war, das konnte und wollte niemand bestreiten; die Harmonie war tatsächlich vollkommen, außen wie innen. Hier dominierte Schwung-volles: breite, verschwenderisch verschnör-kelte Goldrahmen um Ölbilder oder eben Spiegel, schwere hochglanzpolierte Stilmö-bel (modernen Chromstahl gab es nur we-nig im Studio und in den Schlafzimmern), dazu großzügige, lichtstarke Leuchter und verhalten-allgegenwärtige Leuchtschienen, die Regale, Bilder und Spiegel anstrahlten, hochflorige Spannteppiche überall, sogar im Bad; einzig in der Küche und in den Kor-ridoren lagen großformatige, dezente Flie-sen oder Marmor.

Besonders das Wohnzimmer – der *Living Room*, wie es seit der vierwöchigen, eigent-lich ziemlich strapaziösen Tour kreuz und quer durch die Vereinigten Staaten vor Kur-zem zuverlässig hieß – war ein Bijou. Nicht nur vom Interieur her, sondern auch punkto Größe. Hier hatten die Planer mit den Abmessungen ebenso wie beim Tages-licht für einmal nicht gespart; das geräu-mige Rechteck war um zwei Ecken befens-tert und erhielt somit Sonne von Südost bis West. An der Südostecke führte eine bis un-ten verglaste Tür über einige Steinplatten direkt auf den Rasen; ein kleiner architekto-nischer Fehltritt dies, über den sich Frau Marthaler denn auch schon mehrmals bit-ter beklagt hatte. Zwar war er unbestreitbar elegant und nett anzusehen, doch trug er allen selbst bei einem sauberen Garten unvermeidlichen Schmutz direkt ins Innere – was dazu geführt hatte, dass der Türriegel mittlerweile ein beinahe so unverrückbares Dasein führte wie der Türrahmen.

Auch dahinter herrschte Unverrückbarkeit. An das Westfenster schloss sich ein fünfgeschossiges Nussbaumregal an, welches sich, mehrheitlich mit ehrwürdigen, oft in Leder gefassten Rücken gefüllt, um die Ecke zog, bis es endlich in einen gewaltigen Mahagonischrank mündete, dem nur die Zimmertür Einhalt gebot. Die Höhe von dessen unteren Schubladen entsprach genau der eines Regalfaches, und das Deckbrett über deren oberster Reihe ging nahtlos in seinen Abschluss über und damit in eine ausladende Doppelwelle, die sich gleichsam mahnend neben der Bücherwand auftürmte.

Natürlich blieb all das Wissenswerte, welches in der Wand lauerte, nicht ohne ebenbürtige Sitzgelegenheit. Es dort zu sich zu nehmen, dafür waren offensichtlich die beiden mit schwarzem Leder überzogenen Sofas ausersehen, die sich im rechten Winkel den Fenstern und den Bücherrücken entlang zogen. Allerdings blieben sie das einzige Moderne im Raum, denn bereits die auf geschwungenen Beinen beinahe schwebenden und mit Brokat bezogenen zierlichen Stilsessel hielten wieder ohne Umschweife zu den übrigen Möbeln. Das Glastischchen immerhin war schnörkellos und eigentlich ein großflächiger Tisch; doch blieb selbst Ungewichtiges kaum auf ihm liegen – auch nicht geordnet.

Die vierte Wand – also jene gegen die Gartentür hin – dominierte der in Speckstein gefasste große Kamin, neben dem, auf den davor verlegten Steinplatten, zwar wohl Werkzeug zum Feuern, nicht aber ein Korb fürs Holz stand. Mag sein, dass Frau Marthalers Sorge um den hochflorigen cremefarbenen Spannteppich für das Ausbleiben flammender Lustbarkeiten verantwortlich war; mag aber ebenso leicht sein, dass diese flammende Lust ihres Gatten schlicht nicht bestand. Eindeutig der Frau des Hauses zuzurechnen war hingegen, dass, anders als sonst beinahe selbstverständlich, kein Durchgang ins Esszimmer führte; denn was hatten Düfte, die zwar zur Nahrungsaufnahme durchaus anregten, drüben, im Salon, zu suchen!

Über dem Kamin prangten, schön diagonal versetzt, zwei voluminöse Porzellanteller, welche in leuchtenden Farben toskanische Landschaften vorstellten, die eine mit einer gewaltigen und berühmten Kirche, die andere mit einer unscheinbaren, aber wahrscheinlich nicht minder berühmten Kapelle in ihrer Mitte. Sie lockerten das Strenge der Kaminfassung auf und zeichneten gleichzeitig die leichten Hügel, welche draußen den Horizont abschlossen, im Innern fort. Wohl damit auch die Decke den über dem Kamin so schön diagonal angefachten Schwung weitertrage, ja noch von oben herab steigere, wuchs, ja quoll aus ihr ein vielfingriger goldener Kronleuchter geradezu majestätisch heraus. Allerdings traute man diesem zwar üppigen, aber einzigen Deckenlicht offenbar doch nicht genug Licht und vor allem genug Schatten zu, denn es fand sogleich sein Gegenüber in mehreren nicht minder goldenen zweiarmigen Kerzenhaltern, welche in Abständen, die die berühmten geometrischen Verhältnisgrößen aus der griechischen Antike nachzuzeichnen schienen, Bücherregal und Kaminabzug umsäumten. Etwas weiter unten setzten Statuetten aller Art und Maße dies Verhältniszahlwerk fort und verliehen so einer maßvollen Weltläufigkeit ebenso wie standesgemäßem Sinn für Kunst passenden Ausdruck. Eine große, bauchige Glasvase, aus der gestärkte Stoffblumen ragten, stand in der Südwestecke vor den durch bodenlange weiße Gardinen gedämpften Fenstern. Für die Ziehvorhänge hatte man weinroten schweren Samt gewählt, der überaus anmutig mit dem nur zart getönten hellen Anstrich der Wände kontrastierte, welcher seinerseits fast von selbst in den um das kleine, aber feine Etwas dunkleren hohen Flor am Boden überging.

Dass man solch ein Juwel nicht schonungslos denen aussetzen konnte, die es geschaffen hatten oder ihren Gästen – die unsichtbaren Kinder hatten ohnehin nur ausnahmsweise Zutritt –, liegt auf der Hand. Nur Stunden nachdem die Folien der Transportverpackung entfernt worden waren, hatten bereits fein drapierte weiße Spitzendeckchen Leder und Stoff der Sitzpolster geschützt. Der Rest, der Kronleuchter und die Bücherrücken inklusive, wurde zweimal die Woche gestaubt – seit kurzem sogar von einer Putzfrau, welch letztere Herr Marthaler nach einigem Zögern endlich doch noch zugelassen hatte. Klammen Herzens zwar und recht behände seinen Glatzenansatz kraulend, wohl des dadurch noch höheren Minus auf irgendeinem Konto wegen; schließlich waren die vierteljährlichen Zins- und Rückzahlungen der Hypotheken nicht von Pappe, und monatlich fiel auch sonst so gut wie immer ja nicht eben wenig an...

Dafür tritt er jetzt umso erhobeneren Hauptes ein in den Raum, in seiner ganzen, etwas schwammigen, etwas ungesunden Dicklichkeit. In Hausschuhen, grauen Hosen, weißem Hemd, blauweißschwarz gestreifter und von goldener Nadel gehaltener Krawatte, aber ohne Jacke. Er geht gleich noch mal hinaus in den Flur, weil er die Zeitung dort vergessen hat. Dann steuert er schnurstracks auf das der Fensterfront entlangstehende Ledersofa zu, greift nach dessen weißer Bedeckung, lässt sie dann aber doch liegen. Vorsichtig legt er sich nieder, und obwohl er die Zeitung aufschlägt, schaltet die Fernbedienung fast gleichzeitig den Fernseher ein, der irgendwo zwischen den Büchern aufersteht. Er zieht seine Zigarettenschachtel aus der Hosentasche, auch das Feuerzeug, hält plötzlich inne und schiebt beides wieder zurück.

Welchen Nachrichten Herr Marthaler seine Aufmerksamkeit schenkt, ob jenen auf Papier oder jenen über Bild und Ton, ist nicht auszumachen. Jedenfalls blättert er ein paarmal, räuspert sich dann, sagt etwas wie „o Gott" oder „ach zum Teufel" und beginnt die Zeitung zu zerknüllen. Doch auch darin hält er inne, scheint zu überlegen, fährt schließlich erst recht damit fort. Das Papierbündel hätte wohl den Tisch treffen sollen, verfehlt diesen aber und landet aufgeblättert auf dem Hochflor. Endlich hat sich Herr Marthaler bequem ausgestreckt und schläft auch sofort ein.

Das Fernsehen informiert weiter.

Schweiz mal zwei
oder die helvetisch-untergründige
Fluchtwelle

Unter einer Kunstlichtbahn, die sich schwungvoll über sie hinzog, reihte sich Bett an Bett in den Röhren. Mehrgeschossig türmte sich Mensch über Mensch. Die einen schliefen, andere spielten Karten; gewaltiges Schnarchen irgendwo und Nachbarn, die darüber fluchten. Andernorts aß und trank man oder man erbrach sich oder wurde die Reste los, die auch erfolgreiche Verdauung und normaler Stoffwechsel hinterlassen. Vielleicht gleich nebenan wurde gestöhnt, sei es, weil Lust befriedigt, womöglich sogar ein Kind gezeugt, sei es, weil eins geboren wurde oder weil Schmerzmittel nicht wirkten. Die Triebe hatten sich allerdings mit engem Raum zu begnügen, denn das Schutzraumreglement hatte nur niedrige Pritschenstockwerke und schmale Betten festgelegt. Dass diese Betten zudem noch knarrten oder schepperten, je nachdem, ob man auf der alten, Kellerhurden ähnlichen Konstruktion schlief oder in modernerem Eisengestänge, das direkt aus einem Fabrikmagazin hätte stammen können, hörte bald niemand mehr, da sie dies fortwährend, fast wie von alleine taten. Dem allgemeinen Gestank, der nicht nur aus sich selbst, sondern auch aus der

Summe zum Teil äußerst verführerischer (und mitunter teurer) Gerüche resultierte, erging es beinahe ebenso – allerdings hatte es einiges länger gedauert, bis keine Nase ihn mehr roch, und anfänglich hatte er weit herum zu wütendem Hämmern gegen die Tunnelröhrenwände und zur Zertrümmerung einiger Bettengruppen geführt. Auch unter den Tötungen in der ersten Zeit sollen einige auf noch nicht beseitigte Überempfindlichkeit des Geruchssinns zurückzuführen gewesen sein.

Weitaus häufigere Todesursache war zu Beginn jedoch die dumpfe Untergrundhitze gewesen. An sie konnte man sich nicht einfach durch Abstumpfen gewöhnen. Wie sie überhaupt hatte entstehen können, wo es doch, sollte man meinen, immer ein wenig zog, fragten sich alle; aber plötzlich war sie einfach da, wie hergezaubert. Sie vergaßen, dass Röhren, die nicht nur acht Millionen Menschen*seelen*, sondern auch mindestens ebenso viele pulsierende Körper bevölkern, kaum mehr so recht Röhren sind – auch wenn sie ununterbrochen ventiliert werden. Zudem hatten in den ersten Tagen die Getränke nicht ausgereicht, was zu veritablen Schlachten um das köstliche Nass geführt hatte – wodurch diejenigen, die kämpften, natürlich erst recht Unmengen von ihrem eigenen verloren. Dass ausgerechnet die kostbarste Flüssigkeit, nämlich

Blut, floss – Schusswaffen und andere gefährliche Spielzeuge waren nicht alle oben geblieben –, half natürlich auch dem Sieger nicht eben viel. Auch für ihn wurde die Lage lediglich unübersichtlicher, hatte er doch Mühe, die vielen Leichen zu entsorgen. Und den immer durchdringenderen Verwesungsgeruch machten ein paar Flaschen Mineralwasser, Cola, Bier, Wein oder Schnaps kaum wett. Linderung brachten erst reichlicher Nachschub – und leistungsfähigere Ventilation.

Zum Glück hatte man die Nord-Süd- und die West-Ost-Achsen des neuen unterirdischen Bahnsystems quer durchs Land gerade noch rechtzeitig fertiggestellt. Gerade noch rechtzeitig, bevor die bösen Feinde von allen Seiten über das Land herfielen. Für einmal hatten die Behörden, die Gefahr mehr witternd als kennend, schnell gehandelt und über alle Sprachgrenzen hinweg eiligst einen Belegungsplan für „das sicherste Bauwerk der Schweiz" ausgearbeitet. Eine nuklearschlagsichere Kabelverbindung zum separaten Bunker von Regierung und Parlament war schon im ursprünglichen doppelt transversalen Swissmetro-Tunnelprojekt enthalten gewesen. Die Idee, die Eidgenossenschaft für den Schutz der Zivilbevölkerung gleichsam auf zwei Achsen mit ein paar wenigen Verästelungen und einigen Ausbuchtungen und Nebenräumen zu reduzieren, war, einmal gefunden, nicht nur von einer schlichten, ja geradezu eleganten Raffinesse, sondern auch eine verblüffend folgerichtige Ergänzung des Landesverteidigungskonzepts während des Zweiten Weltkriegs. Das einstige militärische Réduit – Rückzug in befestigte Höhlen und Gänge in unterirdischen Tiefen in den Alpen bei gleichzeitiger Preisgabe eines Großteils der (nach Möglichkeit unpassierbar gemachten) Oberfläche des Landes – galt nun – endlich! – nicht nur für die Truppe. Eine offensichtlich zeitgemäße und durch den Rückgriff auf die historische Parallele auch äußerst clever inszenierte Umdeutung der damaligen Strategie, die die Vorsteherin des Innenministeriums auf einen Schlag zur mit Abstand populärsten Politikerin des Landes gemacht hatte. War es der Landesregierung doch so gelungen, die Kritik, wonach im Ernstfall nur das Militär einigermaßen geschützt und genährt sei, während die Bevölkerung in ihren über das ganze Land verstreuten Bunkern, die womöglich noch unter zerstörten Häusern begraben lägen, elendiglich verhungere, ein für allemal mit Stumpf und Stiel auszurotten. Die Sicherheits- und Reparaturstollen, die sich längs des gesamten Tunnelkreuzes und der Verästelungen hinzogen, waren als Versorgungsadern wie geschaffen, zumal sie fast überall so tief unter Boden lagen, dass die bösen Feinde schon gehörig graben mussten, um sie heimzusuchen. Und sollte ein Teil doch ausfallen, so gab es ja in regelmäßigen Abständen Verbindungsstutzen zur Außenwelt, ganz abgesehen von den Auffahrten und Aufzügen zu den Bahnhöfen. Zudem gab es Verbindungen zwischen den Expressröhren und den Höhlen, in denen sich einige Bodentruppen auch nach dem neuen Leitbild verschanzen sollten, sodass einige Familien übers Urlaubswochenende zusammengeführt und bei Bedarf vermehrt werden konnten – wenn der Wehrmann die heimatliche Pritschengruppe denn auch wirklich fand.

Die bösen Feinde hatten zwar freundlicherweise zugewartet, bis die Schweizer für sie bereitgewesen waren; aber wie im Fußball, wo selbst beste Vorbereitung nicht vor überraschenden Zügen und Tricks schützt, waren sie nicht so gekommen, wie das Schweizer Verteidigungsdispositiv es ihnen eigentlich vorgeschrieben hatte. Vor allem waren sie von allen Seiten gekommen, da alle etwas gegen ein Land hatten, welches neutral dem jeweiligen Gegner half. Die Luftwaffe hatte das Territorium zwar agil und tapfer verteidigt; ein Großteil der modernen Kampfflugzeugflotte war aber über feindlichem Boden abgeschossen worden, da die Piloten im Übereifer die Kraft- und Geschwindigkeitsreserven ihrer Maschinen voll ausgeschöpft hatten. Panzer und Kanonen hatten nicht minder aufopfernd, aber nicht ganz so agil sekundiert. Hindernisse wie Überschwemmungen wegen geborstenen Rohren oder Staumauern, Flächenbrände oder explodierende Öltanks, Gasleitungen, Chemie- und Waffenfabriken oder mehr oder weniger stillgelegte Atomkraftwerke, die womöglich dennoch zu gefährlich strahlten, hatten ihnen den Weg versperrt. Schon jene Wehrmänner, die während der allgemeinen Mobilmachung trotz ständig neuem Alarm aller Arten unerschrocken versucht hatten, sich mit der auch in den friedlichsten Zeiten ja stets zu Hause aufbewahrten Armeewaffe und der ebenfalls dort eingelagerten scharfen Munition zu ihren Einheiten durchzuschießen, hatten mit schier unüberwindlichen Blockaden zu kämpfen gehabt. Bald hatte sich die bereits eingebunkerte Schweizer Regierung gezwungen gesehen, Wege, jetzt immerhin ferngesteuert, unpassierbar und Infrastruktur unbenutzbar zu machen – natürlich erst, nachdem die noch verbleibenden Truppenteile in die ihnen zugeteilten Höhlen gekrochen waren. Doch erstens hatten die feindlichen Luftbrücken die gesprengten steinernen mit Leichtigkeit ersetzt, und zweitens blieb vieles ohnehin unversehrt, da es den Feinden, deren Geheimdiensten nichts entgangen war, oft gelang, die Steuerung der Sprengladungen lahmzulegen. So gesehen grenzt es fast an ein Wunder, dass alle Schweizer Einwohner, die nicht vor oder während dieser Blitzaktion zum Gegner übergelaufen oder gestorben waren, gleichwohl innert kürzester Zeit wohlbehalten unter dem Boden angekommen waren.

Wider Erwarten und trotz der oben geschilderten Anfangsschwierigkeiten sollte aber gerade diese Massenflucht unter die Erde bald zu ihrem Glück werden – oder zumindest zur Chance auf ein Häppchen irdischen Glücks für viele. Die ausländischen Gegner waren nämlich äußerst kulant – wohl kaum eitel aus Nächstenliebe; ein Röhrensystem mit acht Millionen Leichen war für keinen Sieger der beste Humus für ein neu angeschlossenes Glied seines Reiches. Da außer den gut kontrollierbaren Verbindungsstutzen und den Lufteinlässen alles gründlichst zugepfropft und versiegelt war, ging für die nun eroberte Oberfläche auch von den quicklebendigsten einstigen Schweizer Oberflächenbewohnerinnen und -bewohnern keine wirkliche Gefahr mehr aus. Wenn sie sich selber zur Gefahr wurden – dann war das ihre Sache; damit hatte man nichts zu schaffen. Schließlich fütterte und versorgte man sie. Lasterweise schaffte man zunächst Güter des täglichen Bedarfs zu den Luken – verwöhnen wollte man die Unterirdischen ja nicht gleich von Anbeginn weg. Als man merkte, dass die

Warenberge nur zögerlich abgebaut wurden, ja einige Nahrungsmittel sogar verdarben und zu stinken begannen, stellte man überall Elektromobile bereit, damit der Weitertransport nicht länger mit den eiligst noch in die Sicherheitsstollen mitgeschleppten Handkarren und Postrollis bewältigt werden musste. Das half. Allerdings wirkte die Unterwelt dennoch reichlich gespenstisch, da man von den Röhrianern nie jemand sah. Scheuen Tieren gleich schafften sie die Lieferungen des Nachts oder sonst wie insgeheim in ihre Schlünde. Für den doppelstöckigen Strombedarf machte man eiligst Atomkraftwerke wieder flott, die in einigen anderen unterworfenen Gebieten nicht mehr benötigt wurden, da deren weniger tiefgründig veranlagte Bevölkerung fast gänzlich ausgerottet worden war. An Gegenleistungen verlangte man nichts – vorerst, schon gar nicht Geld; man rechnete mit dem sprichwörtlichen Schweizer Fleiß, der Vorschüsse auf lange Frist fürstlich belohnte – besonders wenn er umzingelt, oder, wie hier und jetzt, überlagert war.

Als die Swissmetro plötzlich ihr Schweigen brach, führte das zu landesweiten Schlagzeilen – derart groß war die Überraschung, ja der Schock. Nicht weniger überwältigend war das Gelächter über den Inhalt der Wortmeldung: Neben Kleidern – Fashion sogar –, zahlreichen Arzneimitteln, einiger sonstiger Chemie und Verbandzeug wurden gewaltige Mengen Büromöbel und -materialien angefordert, zuvorderst natürlich Computer und anderes IT-Zubehör. Sogar Bezahlung in Gold oder (neuen) Schweizerfranken wurde angeboten. Überdies erklärte man sich bereit, gewisse Dienste für die Oberwelt zu erbringen, wofür deren Vorleistungen bis auf Weiteres als Bezahlung gelten sollten. Die Rechnung war also aufgegangen.

In den Tunneln wurde alles allmählich immer farbloser. Das merkten die Bewohner aber kaum, denn ihr Sinn für Farbunterschiede schärfte sich in gleichem Maße. Pastelltöne wurden ihnen so mit der Zeit zu satten Farben – oder besser: Bei Tageslicht besehen normal satte Farben hätten sie als aufdringlich empfunden. Das galt auch für den Teint, der bei Hellhäutigen nach und nach das sämige Weiß annahm, das in früheren Jahrhunderten für edle Damen Pflicht gewesen war. Bald begann man sogar, das eigenartigerweise kurz nach Beginn des Austauschs bereits mitgelieferte Sonnenöl gegen die LED-Bestrahlung einzureiben. Das dürfte allerdings mehr mit dem gestiegenen Bedürfnis nach Vorwänden für Zärtlichkeit als mit Angst vor Hautentzündungen zu tun gehabt haben, wo doch gerade bei der durch die engen Platzverhältnisse fast ständigen Gelegenheit dazu eine andere als räumliche Rechtfertigung so dringend nottat. Mit der Zeit begann man auch, eine Art Eigenheime zu zimmern; aus Latten, Verpackungsmaterial der Lieferungen zunächst und später gar aus nach Maß bestellten Fertigbauteilen, unter denen auch Kücheneinrichtungen nicht fehlten – Spitäler und medizinische Einrichtungen waren schon vor der Fluchtwelle für den Bevölkerungsschutz bereit und stets fit gehalten worden. Ein noch unter freiem Himmel ausgeheckter Verteiler mit sauber berechneten Anteilen für jeden Haushalt schuf zwar nicht ideale, aber doch für frühere Schweizer Verhältnisse erstaunlich gut entwickelte ausgleichende Gerechtigkeit. Nach einiger Zeit entstanden Dienstleistungs- und Produktionsbetriebe, ja sogar Vergnügungsetablissements und kulturelle Einrichtungen mit fast so vielfältigen Angeboten wie ehedem; Behörden, Gerichte und der ganze restliche staatliche Kleinkram folgten kurz später, oder besser: Aus der anfänglichen staatlichen Allgewalt, die Belegungsplan geheißen hatte, wuchsen die einzelnen Sektoren und Bereiche, zuletzt eine wenigstens im Wortlaut fast noch behutsamere Confoederatio Helvetica als seinerzeit 1848, allerdings weil weitaus weniger hastig zusammengestiefelt als damals mitten im europäischen Aufruhr, mit neuer, den Umständen angepasster, eben behutsam erneut total revidierter Verfassung – ganz ähnlich wie einst aus den Einzellern die Primaten, dann der Homo sapiens geworden war; also eine Art röhrig-institutionelle Evolution im Zeitraffer.

Erstaunlich war, wie wenige aus der halbstaatlichen Organisation, die für den Austausch von Gütern und das Bereitstellen der Anschlüsse für den Dienstleistungstransfer zuständig war, das Weite suchten – endlich wieder für immer hin zu Sonne und Wolken, zu frischer, vielleicht sogar einigermaßen sauberer Luft, hin zu Wiesen, Feldern, Wäldern, Ebenen und Bergen, zu fernen Ländern oder gar Kontinenten, zu Großstädten, Dörfern, Mietskasernen, Residenzen oder Gehöften im Grünen... Dies umso mehr, als die Sprachen, die die oberirdischen guten Feinde sprachen, weit davon entfernt waren, Chinesisch oder Russisch zu sein. Einem Großteil der Schweizer hatten sie schon Generationen zuvor ihre Lehrpläne im Pflichtunterricht näherzubringen versucht. Als irgendwann doch einmal ein größeres Kontingent Welschschweizer oberflächlich wurde, wertete der Rest der Versenkten dies als schwerwiegenden Verrat, und zwar mit einer Heftigkeit, wie sie die ja zumindest topografisch sehr bewegte Schweiz von Schweizern seit Gründung des Bundesstaates nie zu sehen und zu hören bekommen hatte. Mit Nachdruck erhoben breite Kreise vor allem unter den Deutschschweizern die Forderung, gleich alle Frankophonen hinauszuwerfen, das Boot sei auch ohne sie noch voll genug. Nur das außerordentliche Charisma eines Regierungsvertreters – wiederum einer Vertreterin übrigens – vermochte den Groll zu besänftigen, ja noch mehr; ihn in sein Gegenteil umzumünzen: Schuldbewusstsein und Reue führten alsbald zu so innigen Bruderküssen und Umarmungen, wie wenn es die mannigfachen früheren oberirdischen Gräben, vor allem den Röstigraben, nie gegeben hätte. Gerade woran sie einst mitunter beinahe zu zerbrechen drohte, das machte die Schweiz jetzt endlich zu dem, was sie in Wind und Wetter nie gewesen war – zur Nation, sogar zur einst vielbeschworenen Willensnation. Die Röhren verbanden die unterschiedlichsten wirtschaftlichen, sozialen, kulturellen und sprachlichen Gruppen zu einer Einheit, wie sie sogar die große weite Welt zuvor nur selten gesehen hatte. Und zu sehen bekam sie sie ja auch jetzt nicht, schwang diese Nation sich doch nicht über alle andern empor, vielmehr bewegte sie sich nach unten, erschloss dort Tiefgang um Tiefgang.

Nach einiger Zeit entwickelte sich die übliche gegenseitige Abhängigkeit zwischen Staaten oder Wirtschaftssektoren: Der Eroberer musste einsehen, dass keiner gewisse Dienste und Güter in so ausgezeich-

neter Qualität liefern konnte wie die Unterwelt – die das Gegengleich ja längst begriffen hatte. Da diese keinerlei Neigung zeigte,
die wiedererlangte wirtschaftliche Prospe-
rität in gesteigerte Reiselust umzumünzen –
Videos und Großleinwandprojektionen,
auch faszinierende und betörende 3-D-Ani-
mationen gab es ja bald weiß Gott auch dort
unten mehr als genug, zudem ertrugen ihre
neu kalibrierten „Pastell"-Augen das natür-
liche Tageslicht und vor allem die Tagesfar-
ben wohl mit der Zeit überhaupt nicht
mehr –, war dies keine allzu ernüchternde
Einsicht; eine Besorgnis erregende erst
recht nicht. Und als die Röhren eines Tages
um diplomatische Anerkennung nachsuch-
ten, fanden sie sofort sperrangelweit offene
Türen. Allerdings verlangte die Oberwelt,
dass deren Botschafter an einer der Zapf-
stellen, möglichst einer zentralen, residie-
ren dürfe und nicht ins Nervenzentrum unter dem Boden hinabsteigen müsse. Und
kaum war der passende Eingang für die
Gutfeind-Residenz bestimmt, wurde deren
erster Hausherr auch schon gebeten, auch
die Interessen der meisten anderen auf dem
oberflächlichen Stückwerk noch verbliebe-
nen Staaten zu vertreten. Dass die Unterwelt für das geografische Entgegenkommen
gleiches Entgegenkommen verlangte, versteht sich von selbst – weshalb die beiden
Botschaften sich denn auch so gut wie ge-
genüberstanden und die Diplomaten sich

bequem zu Fuß besuchen konnten. Sogar ohne jedes Sicherheitsrisiko – sofern es sich denn wirklich irgendein Verrückter je wieder einfallen lassen sollte, solche Sicherheitsrisiken zu schaffen oder eines zu sein. Und so lebten sie fortan auf mehreren Ebenen zufrieden, dynamisch und multilateral. Und wenn sie nicht gestorben sind...

Und durch die ebenso unerwartete wie unerwartet friedfertige strategische Läuterung beider Schweizer Seiten wurde überdies, gleichsam als Nebenprodukt, die Definition der klassischen Staatslehre, die neben einem Staatsvolk auch ein Staatsgebiet und eine Staatsmacht verlangt, mindestens doppelbödig erweitert.

Schafe

Nebelschwaden umlagerten noch Haus und Hof. Selbst während der heißesten Monate stülpte sich diese milchige Masse wie hergezaubert so um vier, fünf Uhr in der Früh plötzlich über das enge, gewundene Tal, das oft nur wenig zuvor noch wie entkleidet in einer kristallklaren, silbernen Mondnacht gelegen hatte. Es ist gegen Norden hin offen und saugt, eigenartigerweise vor allem im Sommer, wie ein Trichter allerhand Feuchtkühles widerstandslos in sich hinein. Dessen Pegel erreicht und nimmt natürlich auch den Buckel, auf dem das Gehöft liegt, mit links. Zwar verschwindet alles kurz vor oder nach Sonnenaufgang ebenso plötzlich wieder, wie es gekommen ist – doch das half Manfredo wenig; denn genau während dieser dumpfen, frostigen Zeit musste er zu den Schafen. Er, der Älteste – er allein. Seine Eltern schliefen meist noch, ebenso seine beiden Brüder. Diese hätte er am liebsten eigenhändig aus den Federn gerissen und gleich noch gewaltig abgespritzt, so unbekümmert schlummerten sie trotz des gnadenlosen Gepiepse seines Weckers weiter, ja ihre tiefen, regelmäßigen Atemzüge schienen ihn richtig zu verhöhnen. Immer nur er musste hinaus, hinaus zum Schafgehege, musste mühsam ein paar wenige Liter Milch aus Wollknäueln pressen, die vor Müdigkeit noch kaum auf allen Vieren zu stehen vermochten. Die ungelenken Damen stupsten sich dauernd, stolperten, purzelten beinahe übereinander, während er, über sie gekrümmt, an ihren schwabbligen Eutern mehr zerrte als zog. Zum Heulen war das, zum Davonrennen! Doch wohin, wohin zum Teufel sollte er denn rennen? Er hatte ja keinen andern Beruf erlernt, und der Vater würde erbärmlich fluchen, wenn die Arbeit nicht rechtzeitig erledigt war. Also band er halt sein starkes welliges schwarzes Haar, das ihm gut bis auf die Schultern reichte, wie üblich zu einem Pferdeschwanz zusammen und schlich aus dem Zimmer.

Draußen klingelte ihm seine Arbeit nun vollends schonungslos entgegen; sie drängelte und pustete bereits im Unterstand. Ein liebliches Bild wohl, wenn man nicht gerade zu melken hatte. Die Schweizer und Deutschen, die alle Jahre hierherkamen, würden wohl, sollten sie doch einmal zufällig zu dieser Unzeit erwachen, durch dieses sanfte Geläut gleich wieder eingelullt und prall mit Begeisterung gefüllte Ansichtskarten aus dem „toskanischen Paradies" nach Hause schreiben. Sie kannten es ja nur im Sommer. Von Schlottern draußen wie im hohen, schlecht geheizten Schlafzimmer hatten die keine Ahnung! Am Abend, wenn sie, noch feucht vom erfrischenden Bad, vom nahen Bewässerungsweiher herunterkamen, schauten sie ihm jeweils zu, interessierten sich leidenschaftlich für die Käseherstellung, fanden seine Plackerei oft nicht weniger idyllisch als den zwar einst künstlich angelegten, jetzt aber üppig eingewucherten kleinen See. Manchmal grinsten sie gar noch, wenn er wegen der zahllosen Bremsen, Flöhe und Mücken Gott und die Welt verfluchte. Am liebsten würde er ihnen dann an die Gurgel springen, allen zusammen und gleich mehrmals – aber dafür war er bei weitem zu schüchtern. Auch taugte sein schmächtiger Körperbau zu derlei Kraftakten nicht, und die Folge wären ohnehin nichts als Scherereien.

Sogar beim Fluchen schimpfte er ja fast nur in sich hinein, holte die unwirschen Silben wieder wie in seinen Schlund zurück. Darüber wiederum regte er sich maßlos auf, zog er doch so Giacomo, seinem mittleren Bruder, gegenüber, der auf diesem Gebiet nicht die geringsten Hemmungen hatte, immer und immer wieder den Kürzeren. Damit hatte er natürlich noch mehr Grund, in sich hineinzufluchen. Weil er einfach nicht fluchen konnte, nicht wirklich fluchen konnte, auch diesmal nicht – und schon schloss sich inmitten der Schafe unter leichten Krämpfen, aber ohne Aufhebens ein wunderschöner, allerhöchstens hin und wieder etwas schweißtriefender Teufelskreis.

Die Kessel schepperten. Die Luft wäre eigentlich würzig und nur um zwei, drei geringe Morgengrädchen zu kühl; die Nebel hatten sich verzogen und der Himmel wölbte sich schwarzblau zu seinen orangegrünen Rändern hin – doch was half das, wenn man in dem engen Gehege kauerte, wo nur die zwei, drei kühlfeuchten Morgengrädchen blieben? Giacomo würde heute ohnehin nach Sardinien abreisen und Gabriele, der Jüngste, auf dem besten Wege, tatsächlich geometra (Vermesser) zu werden, war mit seinen Abschlussprüfungen vollauf beschäftigt. Er half ohnehin schon längst nicht mehr auf dem Bauernhof. Zurück blieb nur Manfredo. Allein.

Allein mit dem Vater, der sich wegen seines willfährigen Asthma nicht bücken konnte. Schuld daran waren die Minen – überhaupt der Norden, das Ausland. Aber wenn es ums Kommandieren oder ums Abkanzeln ging, dann fehlte ihm die Luft nie. Allein auch mit der feingliedrigen Mutter, die andauernd wegen jedem und allem in Sorge war, oft nicht ohne Grund – aber ohne dass ihre Kümmernis dem Sohn auch nur um ein Jota weitergeholfen hätte.

Lange würde er es hier nicht mehr aushalten. Nein, ganz bestimmt nicht! Die große weite Welt jenseits der Hügelzüge lockte. Arezzo lockte. Schließlich fehlte es in dieser südtoskanischen Hunderttausend-seelenstadt an nichts, was eine Stadt zu Stadt, ja zu Welt macht. Kinos, Geschäfte mit prallvollen Auslagen, Unmengen Verkehr zu Stoßzeiten, Gesetze, die zu übertreten sich lohnte, In-Lokale mit In-Mädchen, Drogen, Nutten nicht nur wie hier am Straßenrand oder wie in den Filmen im Fernsehen in jenen Nachtlokalen, wo sie dich, irgendwelche kolumbianische oder asiatische Schönheiten, zum Champagnersaufen verführen und nachher, wenn das Lokal schließt... Doch auch diese nahe große weite Welt war nur für Geld zu haben, für nicht eben wenig Geld. Und mit dem, was man vom Schafskäse, den Lämmern und den paar Knäueln Wolle und vor allem aus dem Geldbeutel des Vaters abbekam, war halbwegs Staat nur in Palazzo del Pero, dem nächsten Kaff, zu machen. Daran änderte auch nichts, dass der Käse als der beste weitherum galt und die Lämmer zu Ostern oder Weihnachten schnell zu Mangelware wurden und tatsächlich überaus lecker schmeckten, besonders wenn man sie am Kaminfeuer schmorte. Schafe sind dumm, und dumm sind jene, die sich um sie scheren. Zudem ist man zwar von hier, hier in der Nähe geboren, hier aufgewachsen – und doch nicht von hier. Sardinien gehört zu Italien, bekanntlich, aber Sardinien ist Sardinien und die Toskana ist die Toskana: sardo-bastardo und so. Ihr redet ja zu Hause eine andere Sprache, und so. Fresst hauchdünnes Fladenbrot, carta musica, schöner Name zwar, aber die Schafskeulen schauen euch schon zu den Ohren hinaus. Seid klein wie Südländer, und Diebe obendrein, ganz besonders die aus der Provinz Nuoro... – Mal, da waren wir in Sardinien, am Meer natürlich, da haben wir einen Ausflug ins Innere gemacht, haben den Wagen nur eben mal hingestellt, um uns die Aussicht ein wenig anzusehen; eine Dreiviertelstunde später kommen wir zurück, und – dass sie uns die Fensterscheiben und die Räder noch gelassen haben, das war ja grad ein Wunder! Alles andere war weg, aber wirklich alles! Zum Glück hatten wir noch einiges im Bungalow am Meer zurückgelassen, aber trotzdem: die Fotoausrüstung – futsch! Futsch auch das Fischerzeug..., sowas erzählen sie sich sogar hier! – Als ob die in Florenz nicht noch viel, viel mehr Ärger hätten! Da wird dir doch das ganze Auto auch gleich noch mitgeklaut, ratzekahl, nur noch der Straßenteer bleibt da – und die wenigsten der Ganoven sind sardi-bastardi! Und unter ihnen gibt es nicht weniger Drogensüchtige und Verbrecher als bei uns dort in Nuoro – im Gegenteil. Und überhaupt ist das alles ja eh maßlos übertr... und überhaupt...

Ja, Sardinien, da war man immer hingefahren, als kleines Kind schon. Schlecht war einem immer geworden und man hatte gekotzt im Auto; dann die lange Überfahrt mit der Fähre, acht Stunden und mehr, dann wieder Auto. Dann endlich das Dorf. Man war dort zu Hause, das heißt, die Eltern waren dort zu Hause, stammten sie doch beide aus demselben Nest in den Bergen. Jeder kannte sie, und jeder kannte ihre Geschichte, wenn auch jeder wieder auf eine andere Weise. Man munkelte einiges. Vor allem über den Vater. Erst Mitte dreißig kehrt er zurück nach Hause, zurück eben aus dem Norden, aus dem Ausland, wie ja so viele, bestimmt, aber jetzt erst kommt er und macht einer aus dem Dorf den Hof. Ehrenhaft, weil er erst in ein gemachtes Nest die Taube setzen will? Flatterhaft, weil er sich erst bindet, nachdem er sein Vergnügen anderswo längst schon gehabt hat? Wer weiß; er selbst jedenfalls verbreitet nach Kräften eine gewaltig schöngefärbte Fassung der ersten Version. Immerhin ist die Hochzeit gefeiert worden, wie es sich gehört: mit viel Geladenen und tagelangem Festen, und man war nicht kleinlich gewesen. Warmes Wetter und laue Nächte hätten, so sagen die Eltern, dazu geführt, dass manch einer draußen auf Feld und Wiese nächtigte, was zu zwei, drei weiteren Hochzeiten geführt habe. Und immerhin ist der Vater doch wieder zurückgekehrt und hat eine Hiesige genommen, hat also all die

Deutschen und Holländerinnen sitzenlassen, alle zusammen. Gekommen ist er, wenn auch, um gleich, gleich nach der Hochzeit, wieder zu gehen und sein Glück mit Schaf und Weib in der Toskana zu suchen. So war man denn, wenn man dort war, fast nur „figlio di papà" oder „figlio di mamma", aber sich selbst war man höchstens hin und wieder bei den „nonne", seltener bei den „nonni", vielleicht noch bei den einen oder anderen Tanten oder Onkeln. Immerhin: Dort war es schön, wirklich, einfach schön war es; dort galt man etwas, und weil man nur für die Ferien und daher Gast blieb, galten für einen andere Gesetze als für die eigene Familie; man durfte, ja sollte sich vergnügen, ausgehen am Abend, und wenn man dafür zwei, dreimal ein paar Stunden bei der Arbeit mit Hand anlegen musste, so war das beileibe nicht zu viel verlangt.

Hier aber, hier in der Toskana, hier arbeitete man, und der Vater befahl. Hier war man nicht Gast der Familie, sondern Teil davon. Hier wurde einem bedeutet, dass man schließlich erwachsen sei und ohne Weiteres andere Bleibe und Arbeit suchen könne, wenn einem diese hier nicht passe. Doch man hatte ja eben nichts anderes gelernt als Schafe melken und Lämmer schlachten, vielleicht noch traktorfahren und mit Landwirtschaftsgerät herumhantieren. Dass man dieses Gerät auch sehr gelenk zu reparieren wusste, das mochte dem eigenen Vater zwar zupasskommen, aber als ausgebildeten Mechaniker konnte man sich gleichwohl nirgendwo verdingen. Ach hätte man doch...! Aber nach acht Jahren Schule, wo man, trotz teils wirklich verständiger Lehrer, dauernd verlacht wurde, nur schon, weil man so klein war – nach acht Jahren nochmals diese endlose Plackerei! Leute, die auf einen andauernd einschwatzten; Leute, die alles besser wussten, meistens wirklich besser wussten; Kollegen, die einen nicht gelten ließen, weil sie von hier und erst noch tatsächlich größer und stärker waren – und wieder Prüfungen, wieder Lehrer! Doch gerade durch diese Weigerung saß man unweigerlich hier fest, nur hier; hier über den Schafsrücken, hier, wo man ständig befürchten musste, dass einem diese Schafsrücken das kostbare, mastige Weiß verkackten, hier auf der Scholle, hier als der Fremde, auch wenn man sein Italienisch genauso sprach und aussprach wie irgendeiner aus der Umgebung von Arezzo.

Voll und stark schoss der Strahl in den Kessel, sodass selbst die fettschwere Schafsmilch zu schäumen begann. Die Tiere waren außerordentlich gütig heute Morgen, gaben viel mehr her, als man von ihnen erwartete. Doch selbst bei wenig mehr als einer Minute Melkzeit pro Tier ergaben etwas über hundert Schafe gut zwei Stunden Arbeit, zwei Stunden Milch aus unstetem Untergrund herausmassieren, mit immer stärker schmerzendem Rücken, zwei Stunden morgens und abends, vier Stunden fortgedacht in eine unendliche, gnadenlose Zukunft. Da half das Auto und das Motorrad wenig, welches man vom Vater gleich nach der bestandenen Prüfung geschenkt bekommen hatte. Wohin sollte man damit fahren? Abends zur Bar, schön. Zu irgendwelchen Abmachungen mit irgendwelchen amici oder jenem Mädchen, dessen Verhalten Zuneigung nicht ausschloss und das bei den Eltern deswegen bereits als fidanzata gehandelt wurde, mit der dabei so bezeichnenden Mischung aus Vorwurf und Stolz. Aber trickste man mit diesen Vehikeln die zentnerschwere Ewigkeit der Zukunft aus, fuhr ihr einfach auf einer besseren Straße auf und davon –?! Manfredo lächelte nur müde bei solchen Anwandlungen. Allerdings, man hatte es, dieses bisschen Freiheit aus Benzin, Kolben und Rädern, hatte es und hatte es gefälligst zu schätzen. Hatte es und floh, floh damit wenigstens auf Zeit. Floh in jene große Welt, in der alles so treffsicher geschah; wo tausend Bildschirme und Millionen auf engstem Raum wirkende elektronische Regelkreise emsig für eine gewaltige, alles überspülende Zuverlässigkeit

106

der Ereignisse sorgten und damit dafür, dass auch zügelloseste Wildnis sich in die ebenmäßigen, keimfreien Bahnen logischer Kaskaden hineinschmiegte; in Sendegefäße, Moderatorensprache, stürmische Werbung; in die ebenso selbstverständlichen wie geschmeidigen Gesetze mediengerechter Regsamkeit... Action, verbreite sie nun Angst und Schrecken oder Liebe, sei die Seifenoper nun ein dürftig angepasstes amerikanisches Kunstprodukt ab der Kilometerstange oder eine gerade auf der Welt tatsächlich sich zutragende Tragödie – eine Welt, wo man nicht zu sprechen brauchte und dennoch dabei war; wo man auf immer dieselbe Weise zu immer denselben Drinks einlud und eingeladen wurde; wo man, dank der allseits gegenwärtigen mechanischen Mobilität, eine Bar ohne Weiteres mit sich selber vertauschen konnte, wobei einzig der Kilometerstand des Wagens stieg, der Name der Trinkstätte wechselte und vielleicht die Theke etwas länger oder kürzer war. Wo man jenen Katalog an Modewörtern anbringen konnte, die zwar nicht viel sagten, aber dafür allen alles und die überall gut klangen. Wo man jene bessere Welt spielte, meist an Automaten, die man niemals würde erleben können, ja deren Reiz recht eigentlich in ihrer Unerreichbarkeit lag; ein brummendes, piepsendes, blinkendes, flimmerndes, verführerisches Paradies unter nicht immer willigem Strom.

Aber vor allem ein Paradies, das einen, obwohl es dafür wohl kaum eine treffendere Bezeichnung als eben „Paradies" gab, fast immer davon abhielt, es in die Ewigkeit fortzudenken. Gerade die Endlosigkeit solcher Abende schloss derartige Gefahren meist zuverlässig aus, wobei oft der dabei genossene Alkohol gründlich nachdoppelte.

Nur doppelte er leider auch die Unerbittlichkeit des nächsten Morgens nach. Dieser elende scharfe Käsegeruch, der einem entgegenschlug, wenn man die Milch in den Käsekeller trug und dort in den großen Kupferkessel schüttete, dessen Flamme die nun auch schon emsig herumwerkelnde Mutter bereits angezündet hatte; dieses behäbige Durchrühren der ewiggleichen Brühe, nachdem die Milch genug warm und das Lab beigegeben war; dann das Herausziehen des formaggio, den man in die auf dem länglichen, mit einer weißen Plastikbahn belegten Tisch bereitgestellten, fein gelochten Plastikformen zu schütten, dann sattzudrücken und zu salzen, schließlich zu wenden und zu waschen hatte; dann das Abziehen der ricotta (des Quarks) aus der nochmals erhitzten Suppe; zu guter Letzt das Austragen der frischen ricotta und der vor ein paar Tagen gepressten Ration Käse in die Geschäfte (wo man nicht selten die Trinkgenossen der elektronischen Abende

in ihren nüchternen Funktionen wieder-
traf) – all das setzte sich in Manfredos Kopf
fest wie eine grenzenlose, eierschalenfar-
bene, wattierte, magermilchtriefende Masse, unabhängig von Wetter oder Jahreszeit,
die sich in den fast gleichfarbigen Rücken
der Schafe fortsetzte; eine Last, der er nicht
entrinnen, an die er sich aber ebenso wenig
gewöhnen konnte, ein wogendes An-Ort-
Treten, dem wenigstens die Fruchtfolge
und die damit verbundenen Traktoren- und
Maschinenbewegungen ein kleines Etwas
an Richtung gaben. Und wer weiß, vielleicht halfen einem gerade die auf dem Hof
reichlich vorhandenen stählernen Muskeln, die man immerhin mit Geschick be-
herrschte, doch einmal fort – wenigstes auf
Zeit.

Wie hatte sein Vater es nur fertigge-
bracht, sich aus diesem Geracker ein Leben
zu basteln? Auswandern, ja, das gebot ja die
Not und vielleicht auch bei ihm der
Wunsch, nicht in der Kärglichkeit und Enge
der elterlichen Umgebung weiterleben zu
müssen. Zwar war dessen Vater, Manfredos
Großvater, nicht Bauer, sondern immerhin
maresciallo bei den Carabinieri gewesen;
aber trotzdem war seine Familie eine der
paar Hirtenfamilien geblieben, die sein kleines mittelsardisches Heimatdorf ausmach-
ten. Zudem hatte sie der Krieg und die da-

mit verbundene Abwesenheit des Ernäh-
rers auf das zuallernächst Erreichbare zu-
rückgeworfen. Also eben doch auf die
Schafe und das bisschen Gemüse, das im
Garten wuchs. Zwar vertrat der ältere Bruder den Vater überzeugender, als dies dessen Stolz zugelassen hätte, hätte er mitbekommen, wie wenig er im Alltag fehlte, und
auch die Mutter war alles andere als unbe-
holfen, doch blieb viel Arbeit für den kleinen Bruno, dessen Bestimmung eigentlich
noch Schule und Spiel gewesen wäre. Es
blieben kalte Nächte in gottverlassenen
Steiniglus, in denen es nur etwas Stroh und
zwei, drei Decken gab, und im Winter ge-
fror der ganze Proviant über Nacht zu stein-
harten Klumpen; es blieben Geräusche, deren man nie habhaft werden konnte, weil
Wind und Wetter sie wie Spielbälle hin und
her warfen; es blieben die Schafe, die stets
das Gleiche zu stets denselben Zeiten forderten, und forderten nicht sie, so forderte
der Bruder.

Leben, um nicht zu verhungern; essen,
um zu leben.

Und „draußen", auf dem Festlande, da
schossen sie, und vielleicht würde der Vater
überhaupt nicht mehr zurückkehren (er
kehrte zurück). Vielleicht würde gar nichts
mehr sein nach dem großen Krieg, und um-
sonst hatte man gefroren und gelitten; man
würde eines von den zahllosen Kindern

werden, die nie anderes als Kind waren. Ersehnte man sich ein besseres Leben? Ersehnte man sich Leben überhaupt? Vorerst lebte man einfach, lebte, weil es den großen Bruder gab.

Doch der Krieg ging vorüber und das Vaterland daraus zwar nicht als Sieger, nicht einmal mehr als Vaterland hervor – aber es überlebte. Überlebte besser als erwartet. Das zumindest erzählte der zurückgekehrte Vater. Nun gelte es, erst recht zu arbeiten, damit man nicht am Ende noch im Frieden untergehe. Doch Zeit ist bekanntlich nur Geld, wenn jenes Geld nicht fehlt, zu dem Zeit gerinnen kann. Und genau das tat es – es fehlte auch bei den allermeisten, die Arbeit genug für einen gehabt hätten, und so litt und lebte man fürs erste weiter in der und von der Nähe, von der einen oder andern Hand in den einen oder andern Mund.

Die brandneu entstandene Republik, deren Grundlage laut Artikel eins ihrer Verfassung nichts anderes war, als wonach die meisten sogar im Traume lechzten, nämlich eben Arbeit, entwickelte sich jedoch wider Erwarten rasch und kehrte mit ihrem Schwung auch gleich eine Unzahl jahrhundertealter Übel wieder an die Oberfläche, Übel, welche die Faschisten immer wieder für immer ausgerottet hatten. Sie gesellten sich zu denen, die der Duce teils als Mittel für die andauernde immerwährende Ausrottung der Ersteren, teils im Dienste einer noch besseren (italienischen) Welt geschaffen und hinterlassen hatte. Das Durcheinander am Anfang war zwar groß, aber Übel gewöhnte sich schnell an Übel und damit neue Hände an alte Hebel, deren solide Machart sie genauso schnell schätzen lernten. Offenbar war auch dieser aus so mannigfachem Garn neu zusammengestrickte Staat nicht Staat ohne einige Untertanen und Untertanenklüngel, die mit neuen Nadeln alte Muster strickten, selbstverständlich in neuen Farben – jetzt, wo alle Italienerinnen und Italiener durch Mehrheitsbeschluss nicht länger Untertanen eines (allerdings längst nicht einmal mehr wirklich konstitutionellen) Monarchen waren, sondern freie und gleiche Bürger einer Republik. Daher erhielt auch Giuseppe, Brunos Vater, mit gewisser Verzögerung republikanisch zurück, was ihm im Krieg die acht Millionen Bajonette des Königs entrissen hatten. Und der neue Staat sicherte die Existenz der Familie nicht schlechter als der alte – allerdings auch nicht besser. Immerhin konnte man sich auf dem anschwellenden Gütermarkt etwas weniger zurückhaltend bedienen als im Krieg. Ein neues Radio wurde bald angeschafft, wenig später ein knatterndes altes Motorrad für den Vater, und Bruno ging wieder fast regelmäßig zur Schule.

Für ihn blieb Bildung trotzdem weitgehend Herunterleiern von notdürftig Auswendiggelerntem. Um etwa die Hauptstadt Deutschlands zu nennen, mussten zuvor Rom und Paris abgespult werden, und auch dann war man nicht sicher, ob im Schulbuch nicht immer noch Berlin stand und einen der Lehrer deshalb rügte. Die Welt außerhalb des Dorfes bestand ja nur aus zwei, drei solchen Büchern, deren frühere Auflagen wohl die Eltern schon gewälzt hatten, falls sie überhaupt zur Schule gegangen waren, sowie aus nicht viel weiteren Fertigkeiten; kaum mehr als das Einmaleins und die Beherrschung der geläufigsten Kombinationen der Buchstabenreihe. Die Art jedoch, wie man anderswo ein Lamm oder ein Schwein tötete und schlachtete, zeigte ungleich besser an, ob man dort ähnlich lebte wie zu Hause oder ob man gleichsam das Gehen würde neu erlernen müssen.

Auf dem Festland schlachteten sie Lämmer und Schweine bestimmt anders, ganz anders – sofern sie überhaupt wussten, wie man sie richtig schlachtete –, denn schon in den Städten der Insel lebten die Leute anders. Vor allem gingen sie anders. Sie bewegten sich nicht breit und bedächtig, als gelte es gleichsam jede Tücke des Geländes vorwegzunehmen; vielmehr tänzelten sie und hasteten, die Frauen zum Teil auf abenteuerlich hohen und nicht minder abenteuerlich geformten Absätzen. Oder sie schritten einher, schwangen mit Röcken, Jacken und Mänteln um sich, als befänden sie sich allesamt ständig auf einer Bühne oder im Tanzsaal – Zuschauerinnen und Schauspielerinnen zugleich.

Und in die Stadt musste man ja gar nicht gehen, um einen Schimmer von ihr abzubekommen – wurde sie doch ab und zu frei Haus geliefert. Bewusst inszeniert kam sie alljährlich in Form von einigen Werbefesten der politischen Parteien bis in die kleinsten Dörfer, sodass auch der hinterste und letzte es merken musste: „Festa dell'Amicizia", „Festa dell'Unità", „Festa dell'Avanti" oder wie sie sonst noch heißen mochten: Giostra, Jubel Trubel Heiterkeit, Speise und Trank und zwei drei schnelle politische Belehrungen nebenbei. Aber war in der wirklichen Stadt tatsächlich nichts von alledem abgemacht, nichts inszeniert? Lebten die Leute ganz aus freien Stücken, ganz selbstverständlich so? Geschah doch alles mit einer Emsigkeit, die Bruno, als er, schon fast erwachsen, endlich alles mit eigenen Augen vor Ort sah, zwar oft nutz- und sinnlos schien, aber trotzdem – oder gerade deshalb – wie durch unsichtbare Fäden gelenkt. Von wem? Etwa vom Gesetz – wenn auch vielleicht nur jenem der großen Zahl? Bruno versuchte sich als Verkörperung dieses langfädigen Prinzips einen gigantischen

Puppenspieler, einen burattinaio, vorzustellen, mit abenteuerlich reich befingerten Händen, am Ende eines jeden dieser Finger mindestens einen hauchdünnen, aber stählern widerstandsfähigen Strang, dessen leiseste Zuckungen für Uneingeweihte oft völlig überraschende Folgen hatten. Das Gehirn dieses Dirigenten, dieses direttore d'orchestra, der für ihn eigenartigerweise ein mittelgroßer Mann mit rundem Gesicht, tiefliegende Augen, borstigen schwarzen Brauen, ergrauendem welligem unordentlichem Haar und auch grauem schmuddeligem Bart war, stellte er sich als ein riesiges Laboratorium vor; und damit waren weder räumliche Dimensionen noch Mechanik gemeint, denn „Laboratorium", das war für ihn etwas, was nach Geheimnis, nach kurvenreicher Übernatürlichkeit und deshalb auf jeden Fall nach Größe schmeckte. Ein etwas behäbiger Argus, der wohl auch mal gern ein Gläschen getrunken hätte, wenn da nicht diese ewigen Fäden an den Fingern gewesen wären. Wenigstens konnte er, da nicht allzu viel zu dirigieren war, wenn die Leute schliefen, auch selbst hin und wieder eine Ruhepause einlegen. Den primo piatto vor dem Einschlafen oder das dolce nach dem Erwachen, das konnten sich die Leute wohl noch selber zuführen, ohne sein Zutun. Und das führten sie sich auch in der Stadt bestimmt nicht anders zu als auf dem Lande.

Zwar hätte sich bestimmt niemand gewundert, wenn Bruno diese Beobachtungen abgeschreckt hätten und er deswegen nichts lieber ferngeblieben wäre als einer Stadt. Doch er empfand nun mal nicht so: Ähnlich wie Laboratorien faszinierten auch Städte ihn, aus ungefähr denselben Gründen; er wusste nicht recht, was dahintersteckte. Oder besser: Es musste mehr dahinterstecken, als was gezeigt wurde. Dieses Mehr interessierte ihn. Dasselbe musste wohl für das Festland und erst recht für das Ausland gelten. Magie, die einen gleichsam in sich einbinden würde, ohne sich selbst aufzudecken. Deshalb war er nicht unglücklich, als sich ein Grund bot, und zwar ganz einfach Arbeitsmangel auf der Insel, um sich aus dem Staub zu machen. Gleich ins Ausland wollte er; vom Festland hatte er schon durch den Militärdienst einen Vorgeschmack bekommen, und dort hatte man auf Leute seines Schlages mit geringer Schulbildung und keinem andern Beruf als jenem des Schafhirten auch nicht gewartet. Zwar waren schon Verwandte in der Toskana und hirteten dort, doch er wollte fort. Sprache? Auch die Festlanditaliener redeten ja anders als er, und für etwas hatte man schließlich ja noch Hände und Füße – und Blicke.

Verschiedene Staaten Europas rekrutierten für ihr überraschend schwungvolles

Nachkriegs-Wirtschaftswunder junge Arbeitskräfte, in erster Linie für Arbeit untertags, in Minen. Was soll's, nichts wie los – und er wurde angenommen. Freude und Sorgen sofort zu Hause; das ganze Dorf kam, um ihn auszufragen. Und er stand Red und Antwort nicht, als ob er erst ginge, nein, wie wenn er nach Jahren in der Fremde endlich wieder einmal heimgekehrt wäre. Wen interessierte es, dass seine Begegnung mit der so verheißungsvollen Fremde ganze fünf Minuten, das Warten darauf indessen zwei Stunden gedauert hatte; in der Erzählung waren die Verhältnisse mindestens umgekehrt. Natürlich hatte man ihm Land und Leute und alles Drum und Dran „ausgiebig geschildert" – zum Glück besaß er eine lebhafte Einbildungskraft. Reich würde er bestimmt auch dort nicht werden, meinte das Dorf. Aber reicher als die meisten hier, gab er zurück, und Würste werde er fressen und Krauti, bis ihm beides zu den Ohren hinauswachse, echote die Zuhörergemeinde. Kurz, sie pries den Helden und hänselte wehmütig und ein wenig neidisch den verlorenen Sohn.

Er ging, nach Belgien zunächst, dann nach Holland und arbeitete dort tatsächlich in Minen. Aß Würste, wenn auch ohne Krauti, und verlorener Sohn war er weit weniger als erwartet, denn er schrieb zwar ungelenk, aber regelmäßig nach Hause. Briefe, die nicht viel preisgaben (was war denn da

117

schon preiszugeben?), aber alle beruhigten. „Die Fremde" war halt eben auch nur ein Land; weder heulten dort die Wölfe, noch schoss Milch und Honig aus allen Hydranten und öffentlichen Wasserzapfstellen. Ab und zu legte er ein paar Geldscheine bei, doch das meiste hortete er für sich. Schließlich war man unverheiratet und rackerte sich nicht in engen dunkeln Stollen bei schlechter Luft tagaus, tagein ab und sparte bei Unterkunft und Verpflegung, um die ganze Sippe bei Laune zu halten. Den Wein, den sie abends soffen, den sollten sie sich schon selber verdienen, und beim Keltern, da brauchte ihnen eh niemand etwas vorzumachen – besonders, wenn sie mit immer schwererer Zunge kelterten. Zudem musste auch in der Fremde ein klein wenig Vergnügen her, und das kostete. Holländerinnen verstanden auf diesem Gebiet ein für ihr Geschäft sehr vorteilhaftes Sardisch –

Allerdings tat man ihnen unrecht, wenn man ihnen unterstellte, sie verstünden nur die Sprache der Gulden, nein, sie hatten durchaus auch viel für das übrig, was sie „südlichen Charme" nannten, und großer Charme war zum Glück nicht an großen Wuchs gebunden – im Gegenteil: „Du süßer kleiner großer Liebling", das bekam er des Öftern zu hören. Und vielsagende Blicke werfen, Augenaufschläge lancieren und mit jenen Fenstern lachen, die gemeinhin als jene zur Seele gelten, das hatte er wirklich im Blut. Er war keiner jener Schauspieler, wie er sie schon in den Städten Sardiniens gesehen hatte; alles floss ganz natürlich, wie von selbst aus ihm hinaus. Er gab sich einfach, wie er war, zog sich etwas sauberer an, und war schon – eingeladen oft – in einem jener niedlichen kleinen Lokale, welche eher auf seine Maße als auf jene derer, die ihn ausführten, zugeschnitten schienen. Die Worte, die seine Gastgeberinnen ihm nachher in der Wohnung zuflüsterten, verstand er oft nicht, die Gastgeberinnen selbst aber sehr wohl. Dass dieses Verständnis allerdings fast immer zeitlich sehr beschränkt war, nahm man ihm meist nicht übel, denn heiraten wollte man ihn ja nicht. Fürs Album war's gemeint – auf beiden Seiten.

Nach ein paar Jahren Minenarbeit entdeckte Bruno in der Zeitschrift für italienische Arbeitnehmer im Ausland ein Inserat einer Firma aus dem Ruhrgebiet, welche Werkfahrer suchte. Endlich einmal eine Arbeit außerhalb jener düsteren, rußigen Schlünde der Ressourcenhäscher! Sofort fuhr er hin – und wurde auch hier auf Anhieb aufgenommen. Nun hatte er Werkstücke von Halle zu Halle zu karren, beim Be- und Entladen zu helfen, Hubstapler zu bedienen und die routinemäßigen Wartungsarbeiten an den Fahrzeugen vorzunehmen. Schmutz und Dreck zwar auch hier, doch nicht mehr dieser elende Kohlenstaub, der durch alles hindurchdrang und bereits auf dem besten Weg gewesen war, seine Lungen zu lebendigem Schrott zu machen. Landsleute, die gab es hier auch, Würste ebenfalls und Mädchen, welche Männer mochten, die mehr und anderes kannten als ebendiese Würste.

Die Rechnung ging auf: Europa, vor gut anderthalb Jahrzehnten noch in Schutt und Asche, boomte mit nur wenigen kurzen Dellen weiter; alles wuchs und vermehrte sich – bis auf die Natur. Und die Geburtenrate, die zumindest gesamteuropäisch in fast ebensolchem Maße zurückging, wie mehr Autos fuhren, Flugzeuge flogen, Bauspekulation chaotische Betongürtel um und zwischen die Städte legte, Banken ihr Geld arbeiten ließen und Versicherungen schutzbedürftige Güter erfanden. Das hieß, man wurde gebraucht, und wo man gebraucht wurde, da wurde Geld verdient, und dieses Geld blieb bei den meisten nicht gar so lange. Infolgedessen würde in seiner Heimat jetzt bestimmt auch mehr und erlesener gegessen, dachte Bruno, und Schafskäse, gut gemacht, sei nicht nur etwas für Proleten.

Mit einem Mal erschien ihm jene Selbständigkeit, der nur die Natur und die Absatzchancen und allenfalls die nationale Landwirtschaftspolitik Paroli bot, kein bisschen mehr hinterwäldlerisch. Da draußen gab es frische Luft, gut, manchmal auch etwas gar zu kalte, es gab grüne Wiesen, und

120

auch auf kargem abschüssigem Gelände
mähten die Schafe ja alles feinsäuberlich
ab. Ferien hatte man zwar keine, doch man
war sein eigener Herr, und fand man einen
Verwandten oder sonst einen Knecht, der
einem die Erwerbsgründe hütete, so konnte
man auch einmal fort; so unglücklich hatten denn seine Dorfgenossen auch wieder
nicht gewirkt, wenn er jeweils in den paar
Wochen Sommerurlaub oder an Weihnachten mit ihnen zusammengetroffen war.

Zudem gab es da einen noch etwas zarter
besaiteten Grund. Die um sieben Jahre jüngere, erstaunlicherweise noch ledige älteste
Tochter einer Familie seines Heimatdorfes
war seinen wiederholten Versuchen, sie zu
Abendvergnügungen einzuladen, überaus
wohlwollend begegnet, und so war es eben
nicht bei Versuchen geblieben. Man hatte
ein paar angenehme Stunden verbracht
und war deshalb gleich fidanzati. Anderes
oder weniger konnte so etwas erst recht damals doch nicht bedeuten, und das war dem
Paar recht so; denn nach landläufigen Begriffen hatte man sich ja wirklich gern. Und
Bruno hatte ja bekanntlich nie im Ernst daran gedacht, eine Ausländerin zu heiraten,
und zum Heiraten war die Zeit für ihn ja
längst schon reif, ging er doch schon gegen
Mitte dreißig.

Da entsprechende Versuche ein Jahr später noch weniger im Provisorischen ste-
ckenblieben und sich ein lebhafter und

nicht minder zärtlicher Briefwechsel –
meist kurze, aber mehr als deutliche Billette
– anschloss, kam man bald überein, sich
nicht erst noch formell zu verloben – als
fidanzati galt man ja ohnehin schon lange
–, sondern sich gleich zu ehelichen und dem
traditionellen Gewerbe nachzugehen. Allerdings werde man sein Glück in der Toskana versuchen, denn dort, so versicherten
alle Verwandten noch immer einhellig,
seien die Absatzmöglichkeiten für Käse,
Lämmer und Wolle weitaus vielfältiger und
ertragreicher als auf der Insel. Verlassene
Ländereien seien angesichts der allgegen-
wärtigen Landflucht – „Du weißt ja, heute
will niemand mehr unser Land bebauen;
alle wollen sie nur ins Kino und in die
Disco!“ – in den Hügeln haufenweise für ein
Butterbrot oder schlimmstenfalls ein paar
Lämmer pro Jahr zu haben. Und Schafskäse, wenn auch nicht die Schafhirten, ge-
nieße allenthalben beständig hohes Anse-
hen.

Also kaufte man sich Schafe, zog in ein
unbewohntes kleines Dorf in den Hügeln
unweit von Arezzo, hatte Erfolg – und daher
bald auch Kinder. Kurz nacheinander kamen Manfredo, Giacomo und Gabriele zur
Welt. Brunos Frau, Annetta, erwies sich als
überaus fürsorgliche, fast ein wenig gar zu
vorsichtige Mutter; und wann immer ihr die
Kinder Zeit ließen, half sie im „Betrieb“ mit,
melkte die Schafe oder zog Käse ab. Bruno

selbst war zum ersten Mal in seinem Leben Chef, und beileibe nicht nur sein eigener. Immerhin „herrschte" er über gut hundert Schafe, zwei, drei Schweine, einen Hund und vier Menschen. Für das Geflügel und die Kaninchen war, jahrhundertealter Sitte gemäß, seine Frau zuständig. Da diese aber wiederum von ihm abhing, war ihre Herrschaft ja nur eine abgeleitete. Und Annetta, durchaus in dem Sinne erzogen, dass eine Frau ihrem Mann zu dienen habe, schickte sich ohne Wenn und Aber in diese Rolle, das heißt sie empfand sie gar nicht als Rolle, sondern ganz einfach als die Bestimmung einer Frau ihres Standes. Das einzige Hindernis dabei war ihr heller Kopf, durch den sie manches schneller und genauer begriff als ihr Mann, weshalb sie ganz von sich aus mit Fragen und Einwänden kam, deren sachliche Berechtigung selbst ein umfassender Herrscher nicht einfach wegwischen konnte. Doch Annetta befleißigte sich stets eines Tones, der keine Zweifel daran ließ, wer hier das Zepter führte, und blieb dieser Ton doch einmal aus, so konnte Bruno fast immer zwei, drei Gläser Wein als Sündenböcke festmachen. Die Brücken, welche ihm die Gedanken seiner Frau als die seinen zu erleben und weiterzugeben erlaubten, waren demnach so solide, dass es deswegen selten zu Streit kam – deswegen nicht. Dafür waren meist Erziehungsfragen gut – wie

ja so oft; einmal hatte die Mutter Unbotmä-
ßigkeiten nicht oder nicht richtig bestraft,
ein andermal wurden die Wege der Sprösslinge nicht in die richtige Richtung oder
nicht mit den richtigen Mitteln dorthin gelenkt und dergleichen mehr. Wer kennt sie
nicht, all diese uralten Gebresten selbstlo-
ser elterlicher Fürsorge –

Die „Streitobjekte" gerieten trotzdem mit
der Zeit ins schulpflichtige Alter, und weil
man nicht mehr Jahre schrieb, wo diese
Pflicht nur auf dem Papier stand, war man
sich diesmal einig, dass man von den Hügeln weg und ins Tal hinab in die Nähe einer Ortschaft mit Schule ziehen musste. Da
traten wie gerufen diese Schweizer auf den
Plan: Als Bruno einmal in Palazzo Del Pero,
einem nicht eben üppig besiedelten Weiler
mit beträchtlichem Umland mit wie hinein-
gesprenkelten Häusern und Gehöften drin,
der politisch noch zu Arezzo gehört, obwohl
er zwölf Kilometer davon entfernt liegt, seinen Käse und seine ricotta an die Geschäfte
verteilte, kam ihm zu Ohren, dass der sala-
riato (Angestellte) des knapp einen Kilometer vom Dorfkern entfernten Gutes *I Ferri
Bianchi*, dem zwar zuvor eine Pacht angetra-
gen worden war, es jetzt dennoch verlassen
müsse, da er die geforderte Garantiesumme
zur Sicherung von Einrichtungen und Maschinen nicht beibringen könne. Zurzeit
stünden in den Ställen zwar noch Kühe,

aber die Besitzer seien bereit, sie unverzüglich zu verkaufen, wenn, ja wenn nur endlich wieder jemand, der sein Handwerk verstand, das Gut übernähme. Man hatte mit dem gegenwärtigen Noch-salariato schlechte Erfahrungen gemacht und deshalb den vorhergehenden, welcher die Arbeit auf dem Gut einzig altershalber und aus familiären Rücksichten (Land des Schwiegersohns war zu bestellen) aufgegeben hatte, beauftragt, jemand anderen zu suchen. Da kam Bruno wie gerufen. Nun galt es er nur noch, die Eigentümer von dieser Selbstverständlichkeit zu überzeugen; doch dazu war Fingerspitzengefühl nötig: Schweizer waren ja auch dann schon überaus vorsichtig und zurückhaltend, wenn sie nicht zuvor fernab von ihren Landen schmählich enttäuscht worden waren, das wusste er von seiner Arbeit im Norden nur zu gut – ja selbst dann noch, wenn ihnen ortskundige alte Füchse nach Kräften halfen, die Dinge zu ordnen. Er zeigte sich daher von seiner weltläufigen ebenso wie von seiner fürsorglichen, verständnisvollen und großzügigen Seite, lud zum Essen, schlachtete ein paar Lämmer, hinterlegte die verlangte Garantiesumme und ging den neuen Verpächtern dienstfertig zur Hand.

Das „Spiel", auf das Bruno sich da eingelassen hatte, entpuppte sich allerdings sofort als wesentlich klippenärmer als erwar-

tet. Die Besitzerfamilie, die samt und sonders fließend Italienisch sprach, empfing
ihn mit offenen Armen und erlaubte ihm
sogar, in ihrem Hausteil zu wohnen, bis der
andere, wo noch immer der glücklose Vor-
gänger hauste, frei würde. Die Kleinen be-
wunderten die Traktoren, besonders jenen
„con le ruote lunghe" – „mit den langen Rädern", den Raupentraktor mit seinen vielen
Hebeln und Stangen. Die Hände in den Ho-
sentaschen gingen die beiden Älteren behutsam neugierig umher und inspizierten
alles und jedes, und der Kleinste kroch, so
gut und so weit er konnte.

Für Bruno begann ein neues Leben auf
diesem Hof. Zwar war er im Tal, aber das
Land hier war weitaus begehrter als die Hügel rund herum, wo wirklich nur Schafe
und Ziegen etwas fanden. Zwar gab es
Strom ab der Leitung, nicht nur von einem
knatternden Dieselaggregat, ja sogar eine
Ölheizung, man wohnte in besiedeltem Gebiet und alles war nahe; aber in der Toskana
waren diejenigen, die Gebiete zu besiedelten machten, nun mal mehrheitlich Toska-
ner, und wie man ihm angekündigt hatte,
mochten die zwar Schafkäse, nicht aber
gleichermaßen diejenigen, welche ihn aus
den Eutern zogen. Zudem gehörte das Gut,
das Bruno hier bewirtschaftete, Ausländ-
ern: der Fremde beim Fremden sozusagen.
Doch *er* würde nicht aufgeben, auf keinen

Fall, und waren die Dorfbewohner mit Freundlichkeit nicht zu gewinnen, so ließ man sie halt eben links liegen. Seinen Käse kauften sie ohnehin, denn der war einfach zu gut, um verschmäht zu werden. Sogar von Arezzo fuhren Leute eigens seinetwegen zu ihm nach Palazzo. Zudem offerierte der Staat reichlich Subventionen, wenn man ihn nur richtig darum bat, und selbst aus Deutschland ritt monatlich eine zwar kleine, aber nicht zu verachtende Rente ein, die ihm eines verstümmelte Fingers wegen zugesprochen worden war. Und diese Gelder bekam man, ob nun Herr Rossi und Herr Falcinelli aus dem Dorf einen grüßten oder nicht –

Und seine Söhne, die sollten es einmal besser haben als er. Sie hatten es bereits besser, wussten sie doch schon als Dreikäsehoch mehr als er mit zwanzig! Wozu auch in die Ferne schweifen, denn – der Fernseher steht doch so nah. Ja, das Fernsehen: Da hatte man doch die ganze weite Welt im Briefmarkenformat auch zwischen den Hügeln frei Haus! Und nichts stank oder war gar stickig oder rußig. Dass auch nichts duftete, das verschmerzte man gern; schließlich war die nächste Parfümerie nicht dermaßen weit weg, und die Küche, wo etwas Gutes brutzelte, noch weniger. Den Rest, die satteren Gerüche verschiedenster Schattierungen, das besorgte der Stall, besonders aufmerksam bei nassem Wetter. –

Was aber, wenn plötzlich eine Salve jener Gewehrkugeln, die die Tagesschau fast täglich zeigte, sich nicht mehr an die Grenzen und Gesetze der Mattscheibe hielte und in der Küche herumpfiffe? Ein häusliches Blutbad, elektronisch gleichmäßig und flächendeckend über alle Länder verteilt?!... – Zugegeben, selbst im Grausamen, Wüsten, ja Verheerenden rieselte einem aus dem Halbdunkel jenseits des Tisches in der großen Landhausküche schon ein ziemlich rücksichtsvolles Abbild der Welt entgegen – ein Abbild, das ein Druck auf die Tasten der Fernbedienung überdies jederzeit durch andere lieblichere, oft gespielte Wirklichkeiten ersetzte. Und da diese Wirklichkeiten häufig amerikanische waren, wusste man bald besser, wie die Häuser in Texas oder die Palmen in Kalifornien aussahen, als ob es Kalabrien oder Apulien noch immer gab und falls ja wie. Aber trotzdem: „Die Fremde" strahlte nicht mehr ganz mit dem Glanz, übte nicht mehr ganz dieselbe Verlockung aus wie früher. Allerdings: War es nicht herrlich gewesen, dieses Träumen von vollkommen neuen, vollkommen andern fremden Horizonten? War es nicht gerade jenes Fernweh gewesen, das Bruno die Not und den fehlenden Broterwerb zur Tugend gemacht hatte? Die Träume, ja, das Fernweh, ja, aber... – Auf jeden Fall wollte er um jeden Preis verhindern, dass *wirt-*

schaftliche Not die Söhne dazu zwang auszuziehen. Wenn sie es aus anderen Nöten oder aus purer Neugierde dereinst dennoch nicht lassen konnten, dann seinetwegen – aber ihm sollten sie dann keine Vorwürfe machen können... Und vorerst hatten sie noch zu wollen, was Eltern und Lehrer wollten, dass sie wollten –

Die Söhne wuchsen allmählich zu einem Dreigestirn heran, dessen eklatante Verschiedenheit beide Eltern recht ratlos ließ. Nicht etwa, weil die Unterschiede größer gewesen wären als anderswo, sondern ganz einfach, weil allen drei Wesenszüge eigen waren, welche aus sich selbst herzuleiten einem nicht gelang – oder nicht gelingen durfte. Manfredo, der Älteste, war ein überaus scheues und verschlossenes Kind. Seine großen dunkeln Augen verrieten wenig, manchmal nur, dass er etwas nicht gesagt hatte. Oder irrte man sich auch darin? Suchte man in diesem Blick, was das Kind gar nicht empfand? Doch wie sollte man an die Vollständigkeit jener kargen Antwort glauben, die zwischen fast geschlossenen Lippen kaum hörbar den denkbar dünnsten Korridor zur Außenluft fand, wenn einen jene dunkelbraunen Augen dermaßen starr fixierten, mit dieser Mischung aus Unbehagen und Angst, jederzeit bereit zu fliehen, wenn man sie nur entkommen ließ? Bruno geriet nicht selten deswegen in Wut. Da war immer dieses wie schwelende Aufbegehren, wenn er Manfredo irgendetwas zu tun hieß. Fragte man dann aber nach, erhielt man als Antwort meist nur ein lapidares Gemurmel, und Fredo trottete davon. Schimpfte man daraufhin mit ihm oder schlug man ihn gar, verstärkte das alles nur noch, und beide waren nachher nur noch erbärmlicher dran als zuvor.

Bruno sah in diesen Absonderlichkeiten natürlich nicht Wesensarten, wie sie Ahnenreihen biologisch zusammenbrauen können – so etwas wäre ihm im Traum nicht eingefallen –, sondern vielmehr erzieherische Fehlleistungen, selbstverständlich seiner Frau. Und die knüpfte er sich deswegen von Zeit zu Zeit vor. Annetta hörte zwar geduldig zu, verzieh ihm sogar seine lauten, rabiaten Ausfälle, widersprach ihm dann aber dennoch aufs Entschiedenste, half vielleicht ihrem Mut oder ihrer Gelassenheit mit einem weiteren Glas Wein nach, wurde dadurch aber nicht etwa laut und keifend, sondern erst recht scharfzüngig. Bruno blieb in solchen Schlussphasen häufig nichts anderes übrig, als sich hinter einem brummeligen Schweigen auf seinem viel zu kleinen Stühlchen, das im Kamin stand, zu verschanzen. Dabei merkte er wohl kaum, wie sehr er dann seinem Ältesten glich – denn schließlich hatte ja auch während dieser Diskussion der Fernseher nicht geschwiegen. Zudem würde Annetta

130

trotzdem ihr Möglichstes tun, ihm so viel Steine wie nur immer möglich aus dem Weg zu räumen. Sie sorgte sich nämlich nicht wenig – und auch nicht unberechtigt – um seine in letzter Zeit magerer gewordene Gesundheit. Die Minen und seine langjährige Raucherei hatten sich nach Jahren eben doch noch gerächt und ihm Atemnöte beschert, die zwei-, dreimal derart heftig ausfielen, dass man ihn, blau im Gesicht, ins Spital einliefern musste. Auch ein Magengeschwür hatte man über lange Jahre hinweg behandelt, nur um es zu guter Letzt doch herauszuschneiden, und auch das nicht nach den allerbesten Regeln der Kunst. Allerdings waren Annettas Hilfe gerade durch Bruno selbst Grenzen gesetzt, machte der ihr doch auch dann wieder Vorwürfe, wenn zu guter Letzt sie jene Arbeit verrichtete, welche die Söhne liegengelassen hatten. Bruno selbst durchschaute die Mechanik solchen Urteils, welche darin gipfelte, dass seine Frau es ihm ausgerechnet in bester Absicht nie recht machen konnte, offensichtlich nicht. Annetta hingegen schien begriffen zu haben und tanzte auf ihrem Grat trotz ihres eher gedrungenen Körperbaus mit beachtlicher Bravour weiter – allerdings nicht ohne Schmerzen an Leib und Seele, Schmerzen, die manchmal ein solches Ausmaß annahmen, dass sie sich mehrere Tage lang mit dröhnendem Kopf, ja mit Migräne im Bett wälzte und nur das Allernötigste im Haushalt erledigte; das Kochen nahm ihr dann wohl oder übel ihr Mann ab, dem natürlich die Fremde, nicht die Mutter dies beigebracht hatte. Die Sorge um die Söhne hingegen, die ließ sie nie los, und kaum war das eine Bangen überstanden, schichtete sich schon das nächste auf, fast so, als bedürfe die Mutter unablässig eines vorweg bestimmten Quantums.

Zwar galt auch Annettas Sorge vor allem Manfredo, der lange klein und schmächtig geblieben war und in der Schule erst recht kaum einen Laut hervorbrachte; doch Giacomo und Gabriele sorgten aufmerksam dafür, dass ihr ältester Bruder nicht Solist im Gemüt der Mutter blieb. Giacomo war zwar wesentlich offener, lebhafter und direkter als Fredo, aber auch streitsüchtiger und starrköpfiger, und letztere beiden Eigenschaften entluden sich besonders häufig gegenüber seinem älteren Bruder. Hinzu kam noch, dass Giacomo, obwohl fast zwei Jahre jünger, bald größer und kräftiger war als der Erstling, was diesen noch weiter in jenes schweigsame Abseits trieb, wofür er die innere Statur offensichtlich nicht hatte. Er schien wirklich zu leiden, aber sein Leiden war dumpf und unausgegoren, wie im Zwielicht zwischen ihm und der Welt, in der er umherschlich.

Gabriele, der Jüngste, war der klügste der drei und wurde auch von früh auf auch als solcher behandelt. Oft war man überrascht ob den unerwarteten Wendungen seiner Antworten, seinen Fragen, die früh schon klaren Verstand bewiesen. Zudem besaß er einen immer gewinnenderen Charme, mit dem sich eine gelegentliche Prise Verschmitztheit, ja mitunter schnippische Altklugheit meist viel zu gut verstand, um ihm gefährlich zu werden. Bald korrigierte er auch das Italienisch der Schweizer und zeigte ihnen damit, dass er, obwohl wesentlich jünger als der jüngste der fremdländischen Sprösslinge, auf gewissen Gebieten um einiges beschlagener war als sie. Mit diesen Sprösslingen waren die Hirtenkinder im Sommer häufig zusammen. Die Schweizer brachten allen drei das Schwimmen bei und planschten mit ihnen im nur hundert Meter südöstlich vom Hof entfernten Bewässerungsweiher, fuhren sie auf der betriebseigenen Vespa aus oder ließen sie in den weiten Räumen ihres Hausteils spielen und zeigten ihnen Dinge aus der Nähe, die ein Bauer sonst meist nur von Ferne und beiläufig zu sehen bekam, wie etwa Trompeten, Saxofone oder Elektronengehirne.

Manfredo und Giacomo schworen nach den acht Jahren obligatorischer Schulpflicht jedem weiteren öffentlichen Bildungsgang ab und kehrten nach der terza media wieder ganz in die Obhut des Vaters zurück, da beide sich rundweg weigerten, sonst irgendwo ein anderes Handwerk zu erlernen als den Umgang mit Traktoren und Schafen. Obwohl oder gerade weil sie darin übereinstimmten, trat dadurch ihre Unverträglichkeit – Inkompatibilität würde man im Computerjargon heute wohl sagen – vollends zutage, und immer mehr mussten ihnen Arbeiten zugewiesen werden, die jeder für sich erledigen konnte. Doch selbst dann gab es andauernd Krach über die Aufteilung der täglichen Pflichten. Wie die Politiker Raketen zählen oder Wählerstimmen, so zählten die beiden Brüder fast jeden Zug am Euter und rechneten gegeneinander auf und miteinander ab – was immer häufiger zur Folge hatte, dass die Mutter die ganze Rechnung begleichen musste. Womit sie wiederum die sattsam bekannten, längst zur Litanei verkommenen Vorwürfe ihres Gatten auslöste; allerdings wäre er, wenn nichts sonst als brüderliche Aufrechnung vollständig anstelle des Tageswerks getreten wäre, gewiss nicht geringer in Rage geraten. Und eben diese Rage war ein Gift mehr für Brunos ohnehin wackelige Gesundheit. Das wusste Annetta, und so drehte sie Pirouette um Pirouette und hatte nachher Kopfschmerzen und Migräne. Gleichzeitig war ihr sehr wohl klar, dass unter diesen Bedingungen eine Erziehung zur Selbständigkeit im beruflichen wie persönlichen Bereich weitgehend unterblieb, denn beides hätte einer Preisgabe eines Teils dessen bedurft, was Bruno als unumstößlich richtig galt. Doch zum Preisgeben war

Bruno nicht geschaffen. Erst recht nicht jetzt, wo er seines Asthma wegen viele körperliche Arbeiten nicht mehr selbst verrichten konnte und deshalb seine Söhne immer mehr als seine verlängerten Arme betrachtete. Dafür kaufte er ihnen ja auch Motorräder und Autos, und schließlich sollten sie es zufrieden sein, den Vater als Arbeitgeber zu haben, denn auswärts taten sie sich ja schwer, wie man des Öftern hatte erfahren müssen. Bei Fremden arbeiteten sie zwar stets eine Weile gut, wurden aber regelmäßig nach ein paar Monaten entweder wieder entlassen oder gingen von sich aus. Wenn Bruno doch nur nicht so schwach wäre! Er würde ihnen nicht nur erklären, wie's zu machen sei, sondern es ihnen auch gleich selber zeigen! Immer vergaßen sie etwas, immer machten sie Fehler, wussten die Arbeit und den Hof nicht zu organisieren... Sie hatten es einfach zu schön; nie hatten sie ihr Geld so sauer verdienen müssen wie er! Und nun sollte er es zulassen, dass sie dieses sein Geld verschleuderten, seine Maschinen und Schafe vernachlässigten, andauernd nichts als die Bar im Kopf hatten, die Kumpanen, die Mädchen und zu guter Letzt nichts Gescheiteres wussten als sich zu zanken! Nein! Zwar wurde er immer älter und obwohl er schon vor einigen Jahren aufgehört hatte zu rauchen, wollten seine Lungen, wollte sein Körper nicht mehr so recht. Aber seinen Kopf, den hatte er noch, und damit würde er es noch mit jedem aufnehmen! Die Dorfbewohner, wiewohl mittlerweile vordergründig kameradschaftlich und entgegenkommend, versuchten ihn auszutricksen und zu hintergehen, wo sie nur konnten, seine Frau begegnete ihm mit einer penetranten Mischung aus flackerndem Vorwurf und selbstverständlicher Ergebenheit, seine beiden älteren Söhne entglitten ihm trotz allem langsam in eine trübe Richtungslosigkeit... Aber dem Druck dieses flatternden Steuerruders, dem würde er noch eine Weile standhalten! Immerhin war da noch Gabriele, und dieser kleine, schicke Wicht war seine helle Freude. Zwar brachte auch ihn der scuolabus schon längst nicht mehr nach Hause, aber er besuchte jetzt in Arezzo ein liceo tecnico, das er, wenn alles gut ging, und es schien gutzugehen, bald mit dem Brief in der Tasche verlassen würde; dann noch zwei Jahre Praktikum, nochmals eine Prüfung, und schon war er wer – war er ein „Herr Landvermesser"! Oder vielleicht studierte er gar, ging nach Florenz an die Universität und führte nachher ein Leben, wie man es bis jetzt nur besuchsweise kannte. Die ersten Abschlussprüfungen hatte er bereits bestanden, somit müssten jetzt schon alle bösen Geister auf einmal freien Ausgang haben, wenn er noch durchfallen würde!

Bruno setzte sich seinen alten, ausgeleierten Strohhut auf seine schon beträchtliche, von einem wirren, grauen Haarkranz umrandete Glatze (seine Kopfhaut war auch nicht mehr was früher, also empfindlich), ging in den mit Autos verstellten Hof hinunter und hinüber zu den beiden Hangars, beides Fertigbauten ab der Stange, dessen äußerer, den er selbst Anfang der Achtziger hingestellt hatte, als Maschinenhalle und Saatgutspeicher diente, während der innere, den Hof gegen Süden hin nicht eben harmonisch abschließende, den die Schweizer statt der sonst geschuldeten Handänderungssteuer kurz nach dem Kauf hatten errichten lassen, sich zur Hälfte vom simplen Schutzdach für Heu- und Strohballen durch nicht minder simple Wellblech- und Plastikwände zwischen den Betonpfeilern zum Schafstall gemausert hatte. An diesen soliden, aber doch zurechtimprovisierten Schutz vor allzu forschem Wind und Wetter für all die Damen und die wenigen und daher hin und wieder vielbeschäftigten Herren schloss sich das Melkpferch an. Dorthin wollte Bruno jetzt, denn es war schon sechs Uhr abends. Der gleißende Tag eines viel zu heißen Sommers lag noch immer wie gefangen in der ausgesengten, zu einem Sandbraun erbleichten Talmulde und nicht nur dort und trieb ihm sofort den Schweiß aus allen Poren. Die schütteren, großenteils abgefressenen Weiden und die

137

bereits gemähten Äcker, ja sogar die Mischwälder an den Hügelrücken glühten, und man konnte Egidio, den ältesten Sohn des Padrone, der für gut zwei Wochen alleine hierhergekommen war, sehr gut verstehen, wenn er es so lange im Teich aushielt. Dorthin wäre wohl auch Manfredo am liebsten gegangen, jedenfalls fluchte er gewaltig, wohl nicht nur wegen der unzähligen Bremsen, die ihn mit beharrlicher Aufmerksamkeit belästigten. Eigenartig, wie er es fertigbrachte, selbst diese harschen Worte wie zurückzuhalten! Sein dichter dunkler, viel zu langer Haarschopf, den er wie immer zum Arbeiten zu einem Pferdeschwanz zusammengebunden hatte, erschien irgendwo zwischen den Schafsrücken im Melkgehege. Offensichtlich hatte Fredo dem Melkkessel einen Fußtritt versetzt, der Tragbügel klirrte, doch dürfte der kaum allzu brüsk ausgefallen sein. Vielleicht hatte er ja auch das Schaf im Visier gehabt; jedenfalls kippte die Milch nicht aus. Bruno hatte aber schon seinerseits zum Fluchen angesetzt und vermochte nicht mehr innezuhalten:

„Fredo, wenn du dauernd so herumfummelst, machst du die ganzen Schafe verrückt, verdammt noch mal, und dann haben wir unsere Milch gesehen!"

„Melk doch selber, wenn's dir nicht passt!"

Das kam unerwartet.

„Was fällt dir ein, du Nichtsnutz! Arbeiten wollt ihr wohl überhaupt nicht mehr, nur noch euch vergnügen, wie?! Und alles besser wissen wollt ihr auch noch! Morgen schon schick ich dich weg, morgen..."

„Und wer melkt dir dann die Schafe? Giacomo ist in Sardinien!"

„Einen Knecht werde ich mir anheuern, jawohl, morgen schon! Leute, die nur darauf warten, eine solche Arbeit machen zu dürfen, gibt es jede Menge! Und was ist das schon für Arbeit; ein bisschen auf dem Traktor herumfahren, die paar Schafe melken! Zwei-, dreihundert, tausend solltet ihr mal melken müssen, dann..."

Bruno folgte dem Blick seines Sohnes, aus dem – für einmal eindeutig – maßloses Erstaunen sprach.

Als ob eine aberwitzige unsichtbare Macht Brunos letzten Ausruf als willkommenen Befehl gehört hätte, wurden der Schafe mit ungeheurer Geschwindigkeit immer mehr. Das konnten nicht mehr einfach entlaufene eines Nachbarn sein, und in der Nachbarschaft gab es ja gar keine Schafhirten. Alle Grenzen, auch die natürlichen Hindernisse, fielen eine nach der andern; den Fluten während und nach anhaltenden tropischen Regengüssen gleich, strömten die Schafe herbei, stießen sich, purzelten durcheinander, blökten, es war ja Melkzeit, als brannten sie auf nichts mehr als darauf, alles nicht nur mit einer Art Sintflut aus sich selbst, sondern auch mit einer aus ihrer Milch zu überfluten – wofür sie allerdings, Tücke des Schicksals, der Hand genau jener bedurften, die in ihnen unterzugehen drohten. Über die Hügel kamen sie, durch den Wald herunter, von der Talsohle her, vom Teich; bald schien der ganze Horizont nur noch aus Schafen zu bestehen, aus einem weichen Wogen weicher schmutzigweißer Rücken; sämtliche Konturen lösten sich beweglich auf, wanderten gleichsam umher, schnäuzten sich, lärmten und stanken; Staub wirbelte umher und Kot und verwebte alles zu einem Brei; einem Brei, den diesmal nicht Panzer oder Bagger oder die Segnungen Hollywoods oder von Canale Cinque zu verantworten hatten, sondern allein die Muskeln einer dämonischen Natur, die ihn zugleich ausmachte wie aufkochte.

Manfredo und Bruno waren im letzten Moment reflexartig geflüchtet; doch Bruno zeigte sich bald wieder auf der ebenen, durch eine Mauer abgegrenzten Plattform vor dem Haus. Mit verschränkten Armen betrachtete er das stetig stärker anschwellende Schafrückenmeer. Egidio, der Schweizer, war gerade noch rechtzeitig vom Weiher zurückgekehrt, um nicht auf dem Kamm des Dammes, beim Badehüttchen, blockiert zu bleiben und vielleicht zermalmt zu werden. Er hatte zunächst Miene gemacht, irgendetwas zu helfen, war dann aber recht blöde stehengeblieben, um nach ein paar Momenten die Treppe zur Loggia hinaufzustaksen und im Haus zu verschwinden und sogleich auf der Terrasse genau über der Plattform, wo Bruno stand, wieder aufzutauchen und ebenfalls die Arme zu verschränken. Irgendwelche Regungen waren bei diesen beiden Menschen nicht mehr auszumachen. Wie ein frisch angetrocknetes Bild schienen sie zu erstarren. Einzig Gabriele, der wie hingezaubert plötzlich auf der Böschung der Hauptstraße zwischen zwei der schlanken Stämme, die dort Spalier standen, aufgetaucht war, behalf sich zunächst mit seinem üblichen verschmitzten Lächeln und zwinkerte mit den Augen (was die beiden andern natürlich nicht sahen; sie posierten ja viel zu weit weg). Doch das Lächeln erstarb schnell; auch er musste Hals über Kopf weichen und vertraute sich der mageren Krone des nächststehenden Spalierrecken an.

Wie lange diese Brandung immer höher gestiegen und bis zu welcher Gewalt sie angeschwollen ist, daran erinnert sich niemand. Die Medien jedenfalls wussten anderntags von dieser Mischung aus Götterdämmerung des und jüngstem Gericht über das Schäferglück in *I Ferri Bianchi* – zu Deutsch *Die Weißen Eisen* – kaum etwas zu berichten. Selbst regionale Fernsehsender zeigten lediglich wenige Bilder mit erst recht für deren sonstige Geschwätzigkeit merkwürdig dürren Kommentaren im Off. Neben den üblichen Unglücksfällen und Verbrechen – cronaca – und Glamourgeschichten widmete sich Groß wie Klein der damals schon zumindest im elektronischen Bereich maßgeblich auch privat monopolistisch schillernd wabernden und wogenden Content-provider vor allem und ausgiebig einer anderen (Sint-)Flut. Im Gefolge der durch den damaligen Staatsanwalt und späteren Politiker Antonio Di Pietro angestoßenen Operation *mani pulite* – saubere Hände (Bestechungsskandale, nicht nur, aber erst recht auf höchster Ebene) – löste sich nämlich Anfang des letzten Jahrzehnts des zwanzigsten Jahrhunderts die erste, schon früher keineswegs immer solide italienische Republik lärmend und bebend auf. Neben der üblichen Klüngel- und Vetternwirtschaft hatte es gut zwei Jahrzehnte zuvor mindestens einen versuchten Staatsstreich gegeben, zudem, wie bereits angetönt, nicht nur im Süden wieder Mafias aller Arten in allen gesellschaftlichen Schichten und politischen Lagern sowie, hauptsächlich in den Siebzigern, Terror von links (1978 wurde Aldo Moro, ein christdemokratischer Parteidinosaurier und ehemaliger Minister und Premier, entführt und ermordet). Sie mutierte zuckend und würgend zur Seconda Repubblica, deren Politiker (die meisten Erblasten aus der Zeit vor Di Pietros tangentopoli) sich die Hände bald genauso wenig wuschen wie der Großteil der Kaste ein paar Jahre zuvor. Immerhin beschmutzten sie sie einige Zeit nicht allzu sehr weiter – oder dann wieder auf fast höchster Ebene, und das richtig tüchtig wie in den sich bald ankündigenden und dann vor allem in den Nullerjahren des einundzwanzigsten Jahrhunderts nach Christi Geburt und danach das Land heimsuchenden Zeiten von Bauspekulant, Medienmogul, Ministerpräsident, Steuerhinterzieher, Stehaufmännchen und Egomane Silvio Berlusconi.

Der Beruf

Nach einem Tag voller absurder Fälle und numerischer Haarspaltereien, voll hastig geschlürftem Kaffee und Cognac und pausenlos inhaliertem Tabakqualm traf ich vor unserem Bürohaus auf einen Wagen der Stadtzürcher Müllabfuhr.

Es war Herbst, ein Tag wie irgendeiner, und ich war deshalb wie üblich hundemüde. Den Wagen hätte ich wohl gar nicht bemerkt – Sehenswürdigkeiten sind diese Dinger ja weiß Gott nicht –, wenn da hinten auf dem Trittbrett nicht einer gestanden hätte, den ich zu kennen glaubte. Und tatsächlich, ein paar Schritte näher, und es gab keinen Zweifel mehr: Er war's, Heinz Müller. Ja, der „Müli" aus der Mittelschule! Er hatte sich kaum verändert, nur etwas zugenommen hatte er und der Haarschopf war schütterer geworden. Gar nichts von seelischem Kollaps in den Zügen oder der grünlichbleichen, durchsichtigen Haut eines Junkies.

„Tag denn, mal zur Abwechslung an der frischen Luft?"

„Guten Abend – ach du bist es, Hans! Das ist ja schon eine Ewigkeit her, seit wir... Du hast dich sehr verändert!"

„Ist das eine Therapie?"

„Wenn du Broterwerb Therapie nennst, dann schon. Sie stinkt zwar und lärmt und

144

wettert, und hastig ist sie genauso wie der Rest der Stadt – aber sonst ist sie nicht zu verachten."

„Und deine brillante Matura - dein Studium?"

„Das habe ich abgebrochen."

„Ach so."

Er zuckte mit den Schultern. „Ich habe mich nicht entscheiden können. Nicht alle wissen schon von der vierten Klasse weg, dass sie die Anwaltskanzlei ihres Vaters übernehmen!"

„Es übernehmen auch nicht alle den Müll ihrer Mitmenschen!" Ich wollte gehen.

„Ach Hans!" Er hielt mich zurück. „Ich weiß, du warst schon immer ein Mensch des Klaren, des Eindeutigen. So besehen – wie konntest gerade du Jura studieren?! Mir hingegen, mir fehlte diese Klarheit. Wie ein Werkzeug, das du nicht findest. Das mag eine Schwäche sein – aber schließlich fährt selbst der beste Lokomotivführer den Weichen nach, die andere stellen..."

Die „anderen", die auf dem Kehrichtwagen, die riefen jetzt nach ihm. Er aber winkte nur flüchtig, und schon rollten sie davon, ohne weiter zu mucksen.

„Nun, bei mir stellten die 'anderen' gleich Mehrfachweichen." Er hatte gar nicht aufgehört zu reden. „Ich konnte einfach nirgendwo hin, weil es mich überall hintrieb. Einzig dass ich nicht Naturwissenschaftler werden würde, das wusste ich. Damit war aber nicht viel gewonnen. Nur um wenigstens Zeit zu gewinnen, habe auch ich daher Jura zu studieren begonnen. Natürlich gewann ich damit erst recht nichts – und es blieb nach wie vor, wie ein drohender Kranz von Felsen, dieses ganze Panorama von Begabungen und Neigungen, von denen keine eindeutig überwog.

Wie also weiter? In mir tobte ein permanentes 'Alle gegen Alle': Intellekt stritt gegen Gefühl, Musik gegen Sprache, das Bedürfnis, alles nach klarem Verstand zu ordnen gegen die unmittelbare Freude an einer Wiese mit Saublumen drauf. Zwei, dreimal versuchte ich's sogar mit Schreiben, gab aber bald wieder auf – nicht etwa, weil der Beruf, der bestenfalls daraus werden kann, ja häufig brotlos ist. Also grübelte ich halt einstweilen. Und zum Grübeln habe ich sowohl Neigung wie Gabe. Beides im Übermaß.

Das Studium, längst schon Farce, brach ich nach drei Semestern ab. Meinen Eltern zuliebe schaute ich noch in ein paar andere hinein. Nebenher las ich eine Menge Bücher, hauptsächlich Romane. Und ungefähr zu dieser Zeit – ja, so lange ist das schon her! – begann dann diese Arbeit. Ein Ferienjob zunächst tatsächlich. Meine damalige Freundin und heutige Frau, eine Volksschullehrerin, die ich auf einer Reise kennengelernt hatte, lächelte süßsauer, meinte, das Grübeln sei mir geblieben, nur das

Werkzeug hätte ich gewechselt und der Gegenstand sei solider geworden... Aber, Hans, warum stehen wir hier in der Kälte?! Stört dich Kindergeschrei und ein Chaos in der Wohnung? Du bist heute Abend mein Gast!"

Lust hatte ich keine. Aber wozu hatte ich denn sonst Lust? Bier gab es bestimmt auch bei Heinz. Und meine Frau war sicher mit einem ihrer tollen Kerls ausgegangen. Also stiegen wir halt zusammen in meine Limousine.

Der Apfel

Ja, er hatte einen Apfel erhalten. Geschenkt. Einen rektoralen – nicht rektalen, verstehen Sie mich doch bitte endlich richtig –, einen nicht angeknabberten, gesunden rektoralen Apfel also. Pausbackig, rot, mit gelben Lichtungen, Boskop oder Jonathan oder Golden Delicious oder was weiß ich – einen Apfel halt, wie sie täglich tonnenweise in den Auslagen der Lebensmittelgeschäfte und, neben Schokolade vielleicht, in irgendwelchen Seitenschlünden von Mappen und Taschen als Spender von Vitaminen und ruhigen Gewissen in Sachen gesunder Ernährung liegen. Er, Anfang der Siebzigerjahre des Zwanzigsten Jahrhunderts nach Christi Geburt ein Schüler der Klasse 5d des Literargymnasiums Rämibühl zu Zürich, ein Sport-As schon damals, das sich ein paar Jahre später vollends zu interdisziplinärer Berühmtheit, ja zum Goalie (Torhüter)-National aufschwang.

Wieso schenkt nun ein Rektor einem Torhüter einen Apfel?

Die Sache war die: Tags zuvor hatten zwei Burschen im Korridor vor ihren Klassenzimmern gerammelt, und da jener Hort der höheren Weisheit damals außer ein paar Lehrerinnen noch rein männlich war, konnten keine Mädchen dazwischentreten und die erhitzten Gemüter besänftigen. Umgekehrt waren sie auch nicht der Grund für das Kräftemessen. Wahrscheinlich war es grundlos, aus purer Laune, hineingeplatzt in die paar Minuten nach der Pause, bis der Lehrer kam – dies umso mehr, als die beiden Kontrahenten, schon seit Kindsbeinen im selben noblen Stadtquartier wohnhaft, seit Langem Freunde waren.

Statt des Lehrers kam dann eben der Rektor.

Die auch in Sachen Nahkampf, also umfassend Bildungsbeflissenen, Akteure wie Zuschauer, stoben sofort auseinander und hinein in ihre Klassenzimmer, die nebeneinanderlagen, und stellten sich sogleich stramm hinter ihre Plätze, in Erwartung des kleinen fistelnden Mannes, der damals die Schule leitete.

Der trat auch sogleich in die Klasse des Sport-Asses ein und forderte den – einen – Schuldigen so forsch wie nur immer möglich auf, sich unverzüglich zu melden. Dieser – das As – meldete sich denn auch ohne Umschweife, wurde hochtönig-barsch angewiesen mitzukommen, gehorchte aufs Wort, ja ging dem Rektor sogar voraus.

Doch gerade dadurch – gerade dadurch wohl, ja – ereignete sich das, was als beinahe Wilhelm Tell für die Schule endete.

Der Rektor wischte nämlich dem baumlangen Goalie eine von hinten. Sie müssen sich das Bild vorstellen, nach all den Jahren erinnere ich mich noch, wie wenn's gestern gewesen wäre: Der kleine, von Autoritätsverlustängsten geplagte Herr Dr. phil. musste seine Absätze kräftig hochschmeißen, ja fast springen, um einigermaßen in die Höhe des Ohrs seines humanistischen Zöglings zu gelangen – welches er denn auch prompt verfehlte. Dann hörten wir nur noch, wie unser Mitschüler sagte: „Sie, das habe ich nicht so gern!" und irgendeine näselnde Entgegnung, die im immer größeren Stück Korridor verschwamm, das zwischen uns und dem davoneilenden, nicht nur von der Statur her höchst ungleichen Täter-und-Richter-Paar lag.

Wenig später kam der Gemaßregelte in die Stunde zurück – überhaupt nicht zerknirscht oder demütig, ohne Spuren an seinem Hals sowieso.

In der nächsten Pause erzählte er uns Folgendes:

Der Rektor habe ihn gefragt, ob er es eigentlich mit seinem Benehmen darauf angelegt habe, aus der Schule zu fliegen. Darauf er wörtlich: „Ja, wenn ich so behandelt werde, überlege ich mir, ob ich nicht freiwillig gehe!" – wohl um den Marktwert seiner guten Noten wissend. Der Rektor sei dann verstummt, errötet und hätte ihn stehenlassen. Anderntags dann ein paar leise hingezitterte entschuldigende Worte, weitaus fahrigere Gesten als am Vortag und eben der gesunde, frische Apfel.

Gerammelt wurde im Korridor vor den beinahe mythisch, wenn auch nicht ganz einwandfrei rein helvetisch mythisch heimgesuchten Klassenzimmern nachher kaum mehr – wenigstens nicht bis zur Matura dieser beiden Klassenzüge. Und der Rektor wechselte von hiebfesten Handgreiflichkeiten zum gelegentlichen Haarezupfen, was seiner Höhe ab Boden angesichts der damaligen Nach-Hippie-Langhaarmode auch bei Burschen so oder so besser entsprach.

Inhalt